魔法史に載らない偉人 3

A great man who does not appear in magic history

〜無益な研究だと魔法省を解雇されたため、新魔法の権利は独占だった〜

著：秋　イラスト：にもし

原作漫画／講談社『マガジンポケット』連載

§1. 魔導鍛冶屋

リコルの邸宅。書斎。

知りたいことがあり、アインはキースを訪ねていた。

「【本を開くもの】……か……」

アインの話を聞き、キースが呟く。

「シャノンの話では毎回悪魔が口にする言葉だそうだ」

「聞いたことあるよ」

シャノンと遊んでいたリコルが、兄たちの会話を耳にしてそう口にした。

「【魔義】のことだよね？　十二賢聖偉人よりもすごい魔導師の【本を開くもの】」

「似ているが、【魔義】の別名は【本を書く魔導師】だ。【本を開くもの】とは言わん」

「だけど、昔だったら、ええと」

言いながら、キースは書棚から一冊の魔導書を手にする。

「これは一八〇〇年前の魔導書だけど、たとえばこの【文字を並べる】、【炎を手繰る】、【本を読み解く】という単語。これらはすべて【魔義】を表すと言われている」

「おぼえるのたいへん！　なぜにたくさんあるかな？　イジワルか？」

シャノンが言った。

「まだ表現が定着していなかったと言われている。時代を経て、【本を書く魔導師】に統一された」

アインがそう説明すると、「かんたんになた！」とシャノンは言った。

「一応、この魔導書にも【本を開くもの】という単語はあったよ。文脈的には、やっぱり【魔義】っていう意味だと思うけど？」

キースが開いた魔導書の文字を指さす。

「魔導師は無駄なことはしない。今の時代に、そんな古い言い回しを使う意味はなんだ？」

すると、キースは思案するように口元に手をやった。

「……これは僕の個人的な考えだから、話半分に聞いてほしいんだけど」

そう前置きして、彼は言った。

「【本を書く魔導師】に統一されたのは、ただの表現の問題じゃないかもしれない」

アインがはっとする。

「つまり、実際に【本を書く】魔法があるってことか？」

「ほんをかくまほう？」

シャノンが首をひねった。

「アインの歯車大系は歯車魔法陣を回転させて魔力を増幅する。それと同じように、本の魔法陣に文字を書くことで、魔法律を創る」

キースがそう説明する。

「魔法律を新たに創るために、【文字を並べる】魔法や【炎を手繰る】魔法、【本を読み解く】魔法などが検討された。研究の結果、アゼニア・バビロンは【本を書く】ことが最も正しいと仮説を立て、それが定着した」

「だとすれば、【本を開くもの】というのは、一八〇〇年前の魔法に関係している？」

アインの言葉に、キースはうなずく。

「あくまで僕の仮説なんだけど……」

「いや、参考になった。ありがとう」

アインは椅子から立ち上がった。

「シャノン。これから魔眼鏡のことで、パディオのところへ顔を出す。遊んでてもいいぞ。終わったら迎えに来る」

「シャノンもいくっ！」

大急ぎでシャノンは帰り支度をして、アインのもとへ駆けてきた。

玄関まで見送りに来たキースは言った。

「さっきの件は僕も調べてみるよ。古代文字を研究している学者に心当たりがあるんだ」

「すまん。借りは返す」

アインは頭を下げる。

シャノンがリコルに手を振り、「またねー」と挨拶をしていた。

§　§　§

パディオの商店『鋼鉄の宝船』。

「申し訳ございません。売れすぎました」

第一声でパディオが口にしたのはそんな台詞（せりふ）だった。

「うれすぎ、いくない？　がっぽがっぽ！」

シャノンの頭の中では、金貨がジャラジャラと降り注いでいる。

「一日に魔眼鏡を生産できる量は三〇個だ。一〇〇人から注文が来たらどうなる？」

シャノンは指折り、数を数える。

「300にん、つかえない！」

「七〇人だ。なんで増えた？」

「いちにち、100にん。みっかで300にん！」

「生産した九〇個の魔眼鏡は？」

「ほかのひとがかわいそうだから、あげない！」

得意満面でシャノンは胸を張る。

「……今度、ギーチェに引き算を教えてもらおう」

アインはギーチェの仕事をさりげなく増やす。

「で、注文数は？　少しぐらいなら生産量も増やせるぞ」

「一万五〇二七個です」

数の暴力の前に、アインは遠い目をした。

「このペースで注文が入りますと、一日一〇〇〇個は必要になってくるかと」

「……オレ一人じゃ作れんな」

「値段を高くして、注文数を抑えましょうか？」

「いや、目的はロイヤリティマナだ。使う人間は多い方がいい。魔導鍛冶屋を当たってみる」

すると、シャノンが小首をかしげた。

「まどーかじや？」

「魔導具や器工魔法陣を造ってる店だ」

§　§　§

魔導鍛冶屋『狼鉄の庭』。
魔導炉の前に、ザボットという男が立っている。
この魔導鍛冶屋の親方だ。年齢は五〇代。厳つい風貌だ。
魔導鍛冶用の前掛けとグローブをつけ、大槌杖という槌に似た杖を手にしている。
ザボットが魔眼を光らせ、大槌杖で魔法陣を描く。
棚が開き、浮遊するミスリルと魔石が炉に投下される。
炉の金床に、ボゴンッと金属の塊が転がった。
そこへザボットは大槌杖を振り下ろす。
炎と水がそこから立ち上り、目映い光を放っていた。それは魔法陣なのだ。
やがて光が収まると、そこには魔眼鏡があった。
ザボットはそれを手にして、アインに差し出した。
「こんなもんでどうよ？」
アインはそれを魔眼で見つめる。
「申し分ない」

「ほかのおみせじゃ、すぐはむりっていわれたよ?」

　シャノンが言うと、

「そりゃお嬢ちゃん、これの違いよ」

　ザボットは右腕で力こぶを作り、そこを左手で叩く。

　腕が違うと言いたいようだ。

「ま、この歯車大系ってやつは、まだどこの工房でも取り扱ってないだろうからよ。初見で作れる奴ぁ、俺ぐらいのもんよ」

　ザボットはニカッと笑った。

「すーぱーかじし!」

　と、シャノンが大槌を振り下ろすポーズを取る。

「嬉しいねぇ。お嬢ちゃんが可愛いから、明日までに仕上げてやるよ」

「やった!」

　シャノンがばんざいをする。

「で、旦那、いくつ必要なんだ?」

「一万五〇〇〇個だ」

「一万五〇〇〇……!?」

　予想外の数に、ザボットは目を剝いた。

「その後、一日一〇〇〇個だ。上手くいけば増える」

「……いやぁ……そいつはさすがに……」

無理だと言おうとした瞬間、シャノンが大槌を振り下ろすポーズを取る。

「すーぱーかじし！　うでがちがう!!」

顔を引きつらせながら、ザボットは無理矢理笑顔を作った。

親指をビシッと立てているが、その手はプルプルと震えている。

「……よ、余裕よ……！」

「無理するな」

冷静にアインは言った。

「すまねえ。さすがに一万五〇〇〇は無理ですぜ……」

意気消沈して、ザボットは頭を下げた。

「どのぐらい作れそうだ？」

ザボットは腕を組み、考え込む。

「まあ……頑張って日に五〇だな」

「一〇〇は欲しい」

「……やってはみるが、確実にできるとは言い切れねえな」

「わかった。それで頼む」

話がまとまったそのとき、大きな声が響いた。

「親父さんっ！　大変っすっ！」

職人の一人、ロコンが切羽詰まった表情で走ってきた。

「おい、ロコン。お客さんの前だぞ！」

「す、すみません！　だけど、ヨシュアたちが辞めるって……」

「ぬわにぃぃっ!?」

くわっとザボットは目を剝いた。

§　§　§

工房の一角に十数人の職人が揃っていた。

辺りにある設備は魔導炉ではなく、魔力を使わない普通の炉や、金床、大槌であった。

そこへ、ザボットが大急ぎで走ってくる。

「ヨシュア。なにしてんだ、おめえら。仕事中だろ」

「すみません、親父さん。俺ら、今日限りで……」

ヨシュアたちはそう口にして頭を下げた。

「他にいい働き口が見つかったのか？」

「……はい。今日までお世話になりました。失礼します」

ヨシュアが踵を返そうとすると、

「おめえ、恩を仇で返す気か？」

ザボットが言う。

ヨシュアはピタリと足を止めた。

「やめんのはいい。やめてえならな。だが、嘘はよくねえ」

その指摘が事実だったか、ヨシュアがゆっくりと振り向いた。

「俺の目は誤魔化せねえぞ。本当のことを言ってから行きな」

「……もう……」

思い詰めた表情でヨシュアは言う。

見れば、辞めようとしている職人たちは皆似たような面持ちだ。

「……限界じゃないですか……」

絞り出したような声だった。

「うちの工房はもうこんなに人を雇う余裕はないじゃないですかっ。親父さんは人が好いから
……」

「おめえらもそう思ってんのか？」

他の職人にザボットは問う。

「……ヨシュアの兄貴が言うんなら……」

「俺らが親父さんの足引っ張るわけには……」

するると、ザボットは言った。

「馬鹿、抜かせ。うちの技術は王都一よ。おめえらに心配されるようなことは、なにもねえ」

「そりゃ、魔導具製造の話でしょうっ‼」

叫ぶようにヨシュアは訴えた。

「俺ら魔力無しはそうじゃないです。知ってんですよ。俺らのために、あちこち走り回って、魔導具製造以外の仕事とってきて、買い叩かれて、毎月火の車じゃないですかっ……！」

事実なのだろう。

ザボットはそれを神妙な顔で聞いていた。

「孤児の俺らにここまでよくしてくれて、親父さんにゃ頭が上がりません。だけど、もう……これ以上甘えるわけにゃ……」

ヨシュアの目には、僅かに涙が浮かぶ。

「親父さんの腕は、世界一だ。俺らさえいなけりゃ……この工房だって……」

「うちに足手まといはいねえ。おめえらはどこに出しても恥ずかしくない自慢の弟子だ」

ザボットははっきりと断言した。

「俺は職人の首は切らねえ。儲けなんざ、水物よ。工房ってのは人なんだ。おまえらが一番の財産だ」

親方の言葉に、職人たちは涙を浮かべている。

「もう一度聞くぞ、ヨシュア。やめてえのか？」

数秒の沈黙の後、彼は口を開く。

「……恩返しがしたかったんです……俺のこの手で、親父さんの工房を……世界一に……だけど……」

彼は言った。

「魔力のない俺にゃ……どんなに腕を磨いたって、できやしない……！」

彼は知ってしまったのだ。

かつて抱いた夢が、一生叶わないという現実に。

けれども――

「できるぜ」

アインの声に、ヨシュアが振り向く。

「そのための歯車大系だ」

現実は、常に前へ進んでいる――偉大なる魔導師たちの手によって。

§2. 錬成歯車

一〇年前――

「保証人がいなきゃ、うちじゃちょっとなぁ」

家具屋の親方にそう言われ、ヨシュアは暗い表情になった。

これでもう四六件目だ。

彼は働き口を探すため、王都を駆けずり回っていた。

しかし、

「高価な品を扱ってるもんでねぇ」

宝石屋でも、

「他を当たっとくれ」

酒場でも、

「うちは客商売だからねぇ」

宿屋でも、彼にかけられるのはそんな言葉ばかりであった。

養親がいない場合、孤児院出身の子どもがまともな働き口を探すのは困難だ。

身元を保証してくれる保証人がいなければ、なんの技能もない人間を雇う店主は少ない。売り物を盗まれたとしても泣き寝入りする他ないからだ。

実際、盗賊が従業員として忍び込み、翌日には店の商品がぜんぶなくなっていることもある。

無論、孤児院出身であることの保証は行われるが、あまり意味はない。

一五歳を過ぎれば孤児院は彼らの保護者ではなくなり、孤児が盗賊になるケースも多いのだ。

「なんでもします！　働かせてください！」

「今日はちょうどいい仕事があるよ」

魔導具屋の主人が笑顔で言った。

「庭の呪薔薇をぜんぶ摘んでくれ。抜こうとすると、巻きついてくる。一〇秒以上かけると、呪いの棘で死んじまうから注意しな」

案内された庭には呪いの薔薇が鮮やかに咲いていた。

見れば、骨が辺りに散乱している。呪薔薇は人骨を苗床にしているのだ。

明らかに危険な雰囲気だ。

だが、せっかく見つけた働き口だ。ヨシュアは意を決して、薔薇をつかんだ。

それを抜こうとぐっと力を入れると、薔薇の棘が伸びて、右手に巻きついてくる。

鋭い棘の先が右腕を貫いた。

「うぐっ……！」

激痛が腕を駆け抜ける。

ヨシュアの頭をよぎったのは、一〇秒以上かけると死んでしまうという魔導具屋の主人の言葉だ。

「ぐぅぅぅっ……‼」

決死の覚悟でヨシュアは呪薔薇を引っ張った。

そして——

「ぜんぶ摘みました」

呪薔薇を魔導具屋の店内に運び込むと、ヨシュアは主人に報告した。

「ご苦労さん。じゃあな」

「……え？　あ、あの、給金は……？」

すると、主人はヨシュアを見下ろし、こう言った。

「働かせてやっただろう。金を払うとは言ってない」

主人が踵を返す。

「な、ちょ、ちょっと待ってくださいっ‼」

ヨシュアが彼の法衣をつかむ。

「離せ」

魔導具屋からヨシュアは叩き出され、彼は地面に尻餅をつく。

「薄汚い孤児が！　恵んでやるものなどなにもないっ！　二度と面を見せるなっ！」

そう言い捨て、主人はドアをバタンッと閉めた。

「ぐっ……あぁっ……‼」

右腕に激痛が走り、ヨシュアはうずくまる。右手に刺さった呪薔薇の棘が、彼の体を蝕んでいた。

ポタ、とヨシュアの頬を水滴が濡らす。

雨だ。瞬く間に雨脚は強くなっていき、身動きのとれないヨシュアに容赦なく降り注ぐ。

真っ暗な闇に呑み込まれていくような感覚だった。

彼は自分がここで死ぬのだと思った。

しかし――

目を覚ますと、ヨシュアはベッドの上に寝かされていた。

どこかの一室だが、彼は知らない場所だ。

「よう。起きたか？」

厳つい男が声をかけてきた。魔導鍛冶屋『狼鉄の庭』の親方、ザボットである。

隣には彼の弟子である鍛冶師ロコンがいた。

「お前さんがうちの工房の近くで倒れてるのを見つけてな。かついでここまで運んだってわけよ」

「かついだのは俺っすけどね……」

と、ロコンが言った。

「細かいことはいいじゃねえか」

ザボットが笑い飛ばす。

「その手、ひでえ傷だったがよ。なにがあったんだ？」

ヨシュアの右腕には包帯が巻かれている。

ザボットが手当したのだ。

「親父さん、そういう詮索は……」

と、ロコンが口を挟む。

「お？　そういうもんか？　すまねえな。気ぃ、悪くしねえでくれや」

「…………」

ヨシュアは僅かにうつむいた。

「……俺、仕事を探してたんです……それで――」

自然と言葉がこぼれ落ちていた。

彼はこれまでのことをザボットたちに打ち明ける。

仕事を探しても、保証人がいないためなかなか決まらなかったこと。

魔導具屋の主人に騙されて、呪薔薇を抜いたことを。

「──そうか。そりゃ大変だったな」

ヨシュアの話を聞いたザボットが、神妙な顔でうなずいた。

「よっしゃ。お前さん、明日からここで働きな。うちは魔導鍛冶屋をやってんだ」

「……でも、俺、孤児で……」

「俺ぁな、夢があんだ」

「……え？」

「うちの工房を、世界一の鍛冶工房にする。そのためにゃ、人手がわんさか必要だ！　どうだ？　手伝ってくれねえか？」

一瞬面食らったような表情を浮かべた後、ヨシュアは頭を下げた。

「……精一杯、頑張ります……！」

翌日から彼は魔導鍛冶屋で住み込みで働くようになった。最初こそ雑用だったが、徐々に仕事を教えてもらうようになり、調理用の刃物や武器などの作り方を学んでいった。

そうして、二年が経ち、大槌で剣を鍛えていたある日のこと──

「……っ……!?」

ヨシュアの右手に激痛が走った。

「どうした、ヨシュア？」

「いえ……なんでも……続けましょう、兄貴」

兄弟子のロコンに聞かれ、彼はそう答えた。

呪薔薇(じゅばら)の棘(とげ)は右手に刺さったままであり、たまに激痛が走る。だが、簡単に治せるものではない。

しかし、ヨシュアは恩のある親方に心配をかけたくなかったのだ。

そうして、その数日後、親方のザボットはヨシュアを呼び出した。

そうして、彼に一枚の紹介状と革袋いっぱいの金貨を差し出したのだった。

「知り合いの医者に紹介状を書いてもらった。呪薔薇(じゅばら)の棘(とげ)を抜ける魔法医だ」

ヨシュアは驚いた表情を浮かべた。

「痛むんだろ。治してもらってこい」

「……もらえません……こんな大金……出してもらえるほど……」

「馬鹿野郎。職人は体が資本だ。いくら出したって惜しかねえよ」

ザボットの言葉に、ヨシュアは息を呑(の)む。

「悪いと思ってんなら、すげえ鍛冶師になって俺を楽させてくれや」

ザボットが豪放に笑う。

ヨシュアは涙混じりの笑みを浮かべた。

「……はい……必ず、親父(おやじ)さんの工房を、世界一にしてみせます……」

§　§　§

現在。

魔導鍛冶屋『狼鉄の庭』。

「──待たせて悪かったが、一通り形になった」

再びやってきたアインが言った。

「錬成歯車だ」

彼の前には巨大な歯車仕掛けの魔導具があった。それはさながら、工作用の羽根車である。

「使い方はだいぶ違うが、原理は鍛冶用の魔導炉と同じだ。ミスリルと魔石をセットして」

アインがミスリルと魔石を羽根車に取り付ける。

「こっちの錬成杖で起動する」

歯車が取り付けられた杖をアインがかざせば、魔力が送られ、錬成歯車が勢いよく回転を始めた。

取り付けたミスリルと魔石が光り輝き、溶けて混ざる。一枚の板のようになり、なおも回転する魔石とミスリルの混合体、合石にアインは錬成杖を押し当てた。

みるみる内に形が変化して、それは魔眼鏡に変わった。

「簡単に言えば、魔導具や器工魔法陣を作るための錬成用魔導具だ」

アインは振り向き、ヨシュアに錬成杖(れんせいじょう)を渡す。

「……本当に、俺にも？」

「やってみろ。バルブを回し、羽根車を回転させると意識すれば起動する」

アインは魔石とミスリルを錬成歯車に取りつけた。

ヨシュアは錬成杖(れんせいじょう)をかざす。すると、魔力が送られ、錬成歯車が勢いよく回転していく。

魔石とミスリルは光り輝き、合石の板と化した。

「成型は【加工器物(リレイス)】の魔法によるイメージ加工、杖(つえ)による物理加工、両方できるようになっている」

ヨシュアは杖(つえ)で回転する合石を押す。

ぐにゅぐにゅと光が変化して、歪(ゆが)んだ造形物が完成した。

「最初はそんなもんだ」

「作れる……魔導具が……」

ヨシュアの目が輝いていた。

まるで闇の中に、大きな希望を見つけたように。

彼はぐっと拳を握る。

「俺にも……！」

「ただ、錬成歯車にはレアミスリルが大量に使われている。うちの所有する鉱山一つじゃ、作れて一〇台だ。安くは売れん」

アインがそう口にすると、ヨシュアが思い詰めた表情で、自らの右手を見る。

そこには呪薔薇の棘が刺さった傷跡があった。

《これ以上は……》

「親父さん、買いましょうっ！」

そう声を上げたのはロコンだ。

「ヨシュアは本当にすげえ奴っす！　こいつは毎日、寝る間も惜しんで大槌を振るって、右手は岩みたいにゴツゴツになって。打った剣はめちゃくちゃ斬れるし、手に馴染む。信じらんないほど繊細な銀細工だって作れる！」

ロコンは訴えるように言った。

「そりゃ魔導炉や大槌杖を使えば、差は歴然っす。こいつはそれでも腐らずに毎日大槌振るって……でも、俺、見たんすよ……」

それは、ある日の夜のこと。

ロコンが見たのは、大槌杖を使おうとしていたヨシュアの姿だ。

無論、魔力のない彼はそれを起動させえすることができない。

『…………………………ちきしょう……』

と、彼は悔しそうに歯を食いしばっていた

「俺ぁ、すげえ悔しくて……こんなに頑張ってる奴が、なんで報われないのかって……！　でも、この錬成歯車がありゃ、こいつは親父さんにだって負けねえ、すげえ鍛冶師になるっす！」

「……ロコンの兄貴……」

涙混じりに、ヨシュアが呟く。

「……アインの旦那」

ザボットがアインに聞いた。

「こいつは相当な代物だ。正直、一〇〇万、二〇〇万じゃ済まんだろう」

彼は指を一本立てた。

「…………一千万か？」

「一ヶ月以内に魔眼鏡を一日一〇〇〇個。錬成歯車で製造できるようになれ」

一瞬、ザボットは目を丸くする。

「いくら出そうと、使いこなせん奴には売らん。支払いは技術でしてもらう」

「それは……」

ザボットが言いあぐねたそのとき、

「買いますっ！　やってみせますっ！」

ヨシュアが声を上げた。

彼の目はそれならできると言わんばかりに輝いていた。

アインはフッと笑う。

「もう二台持ってくる。他の職人にもやらせてくれ」

踵(きびす)を返(かえ)し、彼はそう言ったのだった。

§3．変革

歯車の古城。玉座の間。

「アイン、貴様っ、とんでもないことをしでかしてくれたなっ‼」

扉を開け放ち、勢いよくギーチェが入ってきた。

振り返ったシャノンが「だでぃ、おかえりー」と嬉(うれ)しそうに声を上げている。

「なんの話だ？」

と、アインが聞き返す。

「錬成歯車と魔眼鏡だ。魔力無しが使える魔導具は、これまでの魔法協定では対応できない。

聖軍は大騒ぎだぞ」

「大騒ぎもなにも、それが歯車大系だ。論文にも書いてある」

「あくまで理論だろう。魔導学界での発表もなしに、いきなり魔導具を市場に出したら現場は大混乱だ」

そうギーチェが苦言を呈す。

「発表がないのもわかってただろ。無学位だぜ」

「私にこそっと教えておけと言っているんだ。幹部連中に呼び出されて、知らないと答える気まずさがわかるか！」

私怨たっぷりにギーチェがアインを睨めつける。

「なら、こう言ってやれ」

アインは大真面目な顔で言う。

「そもそも、歯車大系の調査は自分の任務じゃありません」

「言えるかっ！」

ギーチェは激しくつっこんだ。

「だでぃ、おこまり？」

「そうなんだ。こいつが意地悪して私にだけ教えてくれないから」

ギーチェはさらりとシャノンに告げ口をした。

「嘘だぞ、シャノン。自分だけオレから歯車大系を聞き出してズルしようとしてたんだ」

シャノンは父親二人を交互に見る。

「ぱぱがわるい！」

「はあっ⁉ なんでだっ？ 論理的な説明をしろ！」

「かお！」

ビシッとシャノンがアインの顔を指さす。

「いいか、シャノン。人を見かけで判断するな」

「顔がうさんくさいぞ」

これ見よがしな善人面を作るアインに、すかさずギーチェがつっこんでいた。

「そんなに大騒ぎになってんのか？」

気を取り直して、アインが問う。

「いいや。日頃の仕返しのために少し盛った」

「幹部に密告するぞ」

ぴしゃりとアインは言う。

「問題が出てくるのはこれからだろう。今のところは、模造品が出回り始めている。これから更に増えるという見立てだ」

「近いうちに魔眼鏡の生産量は日に一〇〇〇個を超える。供給が間に合えば、偽物をつかまされる人間も減るだろう」

アインはそう説明した。

「どのぐらい売れたんだ？」

「ロイヤリティマナは第十二位階魔法以上を開発できる目処が立った」

「……そんなにか」

ギーチェが驚く前で、シャノンは床に横になり「もうけ、むげんだい！」と両手両足で丸を作っていた。

「では、じきに魔導学界でも問題になるだろう」

ギーチェがそう口にすると、

「もう話題にはなっているようだ」

その声に振り向けば、アウグストが立っていた。

「すまないね。開いていたので入ってしまったよ」

「いっしゃいましー。シャノンのおうち、いつでもうぇるかむ！」

諸手を挙げてシャノンは歓迎を示す。

「魔導学界で話題っていうのは？」

アインが問う。

「現在の魔法協定は魔力持ちが魔法を使う前提に決められたものだ。魔眼鏡や錬成歯車は、それをすり抜けられてしまう」

アインたちのもとへ歩いていきながら、アウグストが説明する。

「早急に見直しが必要ではないか、と通達があった。聖軍や魔法省、貴族院の幹部、それと六智聖の間では話し合いがもたれている」

「真面目に見直した方がいいぜ。ゲズワーズの自動展開術式も、歯車大系の器工魔法陣には反応しなかった」

「それだよ」

アインの言葉に乗っかるようにアウグストが言った。

「こういう場合、新魔法の開発者を魔導学界に招聘して、協議の顧問をしてもらうのが通例だ」

「無学位は呼べないだろ」

「もちろん、無学位のままならね」

アインは僅かに目を丸くした。

アウグストの言わんとすることがわかったのだ。

「歯車大系の開発者が無学位というのがそもそもおかしいと私は思うよ」

「オレが揉めた相手はゴルベルドだ。あの陰険大臣が認めるわけがない」

「彼も私の意見に賛同したよ」

アインは僅かに眉根を寄せた。訝しんでいる様子だ。

「君はもう一介の学生ではない。歯車大系、魔眼鏡、錬成歯車、【白樹】の本拠地を叩いたのもそうだね。六智聖に近い学位を与えるべきだと考える魔導師も少ないが増えてきた。ゴルベルド総魔大臣も無視はできないよ」

そうアウグストが言ったが、アインはじっと考え込むばかりだ。

「むしできないと、どーなるかな？」

不思議そうにシャノンが聞く。

「簡単な手続きをするだけだよ。まず魔導都市ティエスティニアで総魔大臣と面接だ。その後、学位が授与される」

シャノンの頭の中では《がくい＋はぐるまたいけい＝いじん》の図式が浮かんだ。

「……今更だ。気が進まん」

そう言い捨て、彼は椅子の方へ歩いて行く。

「おい、アイ――」

ギーチェが呼び止めようとすると、シャノンがとことことアインのもとまで走っていった。

「ぱぱ、やったね！　いじんなれるよ！　えらい！」

花が咲いたような笑顔が、アインの目に飛び込んできて、彼は言葉に詰まった。

「……別に興味は――」

ている。

「シャノンのぱぱ、すごくすごい！　【マギ】まであといっぽ！」

シャノンが片足を踏み出し、なにやら凄そうな魔導師のポーズを取り、アウグストに自慢している。

気が進まなかったアインだったが、娘の喜ぶ顔を見て、諦めたようにため息をついた。

「面接はティエスティニアだったな？」

隣にいたギーチェが薄く笑う。

「是非、娘と一緒に来て欲しいとのことだったよ」

アウグストが言う。

「どういうことだ？」

「例の男、アリゴテのことを報告してね。どうやら総魔大臣には心当たりがあるようだ」

「……なるほど」

「私もそれなりに調べたけれどね。詳しくは、彼の話を聞いてからにしよう」

アリゴテはシャノンを狙っている。

学位のことがなくとも、どのみちゴルベルドに会うしかないようだった。

「一ヶ月後でいいか？　新魔法の開発に目処をつけたい」

「話しておこう」

§ § §

一ヶ月後——

魔導都市ティエスティニア。

魔法省が所有する都市であり、住民は殆どが魔導師とその家族である。

自由な魔法研究が行える法や環境が整備されているが、その分魔力災害が発生しやすく、危険は大きい。

そのため、一定以上の学位を持つ者しか居住が認められない。

言わば、エリート魔導師たちの都である。

その中心に浮かぶのは天空城だった。

「そらとぶおしろー！」

シャノンがそれを見上げながら、目を丸くしていた。

「ゲズワーズと同じ、アゼニア・バビロンが作った古代魔法兵器の一つ。天空城アルデステムアルズだ」

アインがそう説明する。

一緒に来たアウグスト、ギーチェとともに二人は、地上に設置された巨大な籠——浮遊籠に乗り込む。

扉を閉めると、それは空に浮かび上がり、みるみる天空城を目指した。

「とんだーっ！」

シャノンが大声を上げる中、浮遊籠は天空城の中に入った。

辺りは円形の部屋だった。

浮遊籠が収まるスペースがいくつもあり、中心に螺旋階段があった。

その前に三人の男が立っていた。

一人は褐色の肌と白髪の青年。

法衣を身に纏い、杖を手にしている。

一人は鎧を纏った長髪の男。

腰には剣を下げている。

そして二人の真ん中にいるのが――

「よく来たね、アイン・シュベルト」

豪奢な法衣を纏った男が言った。上背があり、髪はオールバックだ。年齢は三〇代、だがその落ち着きは老練な魔導師を彷彿させ、自身の魔法技術に対する圧倒的な自負が顔に滲む。

総魔大臣ゴルベルド・アデムだった。

§4. 総魔大臣

天空城アルデステムアルズ。浮遊籠の間。

「よく来たね、アイン・シュベルト」

ゴルベルドがそう口にする。

だが、シャノンの興味は白髪の魔導師が手にしている杖にあった。

「ぱぱがこわしたつえとおんなじ！」

「魔時計の杖より上等だぞ。世界に一本しかない時霊樹の杖だ」

そうアインが訂正する。

「でも、そっくりだよ？」

「開発者が同じだからな」

アインが白髪の魔導師に視線を移す。

「六智聖の一人、【時王】ノーヴィス・ヘイヴン。お目にかかれて光栄だ」

そう口にして、アインは手を差し出す。

だが、ノーヴィスは握手に応じようとはしなかった。

「今の君と握手をするつもりはない」

「ノーヴィス。彼には学位が与えられる予定だよ」

事情を知っているのか、アウグストが言った。

「まだ無学位だ」

そう口にして、ノーヴィスは踵を返す。

そのまま、一人で去っていった。

「彼は伝統派だ。無学位とは一線を引きたいという考えが強くて困る。他の六智聖に立ち会いを頼めばよかったが、あいにくと空いていなかった」

「………」

ゴルベルドの言葉に、アインは無言で彼を見返す。

「こっちは【鉄】のジェイガン。ノーヴィスの護衛だ」

鎧の男、ジェイガンは軽く頭を下げた。

「ノーヴィス様が失礼をしました」

「それじゃ、中を案内しようか」

ゴルベルドが言って、螺旋階段の方へ歩いていった。

§　§　§

天空城アルデステムアルズ。天空石の間。

窓のない部屋だった。

壁の上方から水が流れ落ち、水路を通って流れていく。

その水流は部屋の中心付近で浮かび上がり、天井の吹き抜けに続いている。

部屋の中心には、純白の石が浮遊していた。

室内を総魔大臣ゴルベルドとジェイガンが先導していく。アイン、シャノン、ギーチェ、アウグストがその後ろに続いた。

前方にはノーヴィスの姿が見える。

シャノンは不思議そうに、純白の石を手に取った。

「それは天空石だ。この天空城アルデステムアルズの動力、浮遊水(ふゆうすい)を生み出している。不可思議なものだね、その小さな石がこれほど巨大な城を飛ばすのだから」

ゴルベルドがそう説明する。

「そらとぶいし！」

シャノンはぱっと天空石を放した。

宙に浮かぶという彼女の予想とは裏腹に、天空石はガシャンと床に落ちて粉々になる。

これでもかというぐらいに口を開き、目が飛び出るほどシャノンは驚いた。

《そらとぶいし、こっぱみじん→しろおちる→ぎりぎりでじゃんぷ》

という思考が、シャノンの頭によぎる。

「ぱぱー、だでぃー、しろおちるから、じゃんぷっ！」

膝を折り、シャノンは飛び上がろうとする姿勢になった。

「シャノン、それはすごく難しい」

ギーチェがそう口にして、

「そもそも落ちん」

アインが部屋の中心を指さす。

粉々になった天空石が再び一つに集まり、元の場所に復元された。

「なおたー！」

「それも不可思議の一つだ。天空石がなぜ元に戻るのか、原理はまだわかっていない。アゼニア・バビロンは記録を残さなかったんだ」

ゴルベルドが言う。

シャノンは彼を見上げ、そして五本の指を広げた。

「シャノン、５さいっ！　なにものっ？」

「私はゴルベルド・アデム。総魔大臣だ。よろしく、シャノン」

と、ゴルベルドは握手を求めた。

《ゴルベルド……？》

シャノンが思い出したのは、以前ギーチェから聞いた話である。

「わるいやつっ！　ぱぱのがくい、かえしてっ！」

シャノンが勇ましく指をさす。

ゴルベルドは真顔のまま、踵を返した。

「誤った理解だ。魔導学院の最高責任者に従わなければ、学位が授与されないのは当然だ」

「一介の学生の処分なんか、総魔大臣が直接口を出すことじゃないだろ」

アインが言うと、焦ったようにギーチェが振り向く。

「おい、アイン……！」

「一介の学生が総魔大臣にご高説を垂れるほどおかしくはないね」

「間違っていることを間違っていると言っただけだ」

ゴルベルドの嫌味に、すぐさまアインは言い返す。

「結果、正しかったのは私だ。ギリアム・バルモンドはなんの研究成果も残さなかった」

「結果はまだ出ていない」

「あのときもそう言っていたね」

嘲笑するようにゴルベルドは言った。

「何年経った？」

「は。たった五年で研究諦めんのか？」

アインとゴルベルド、二人の視線が交錯し、火花を散らす。

一触即発といった雰囲気だ。

「待て待て、落ち着け！」

ギーチェがアインの肩をつかみ、ゴルベルドから引き離す。

「貴様はなにをしに来たんだっ？　一時間ほど適当に相づちを打って帰るだけだ。簡単なことだろうっ」

「総魔大臣。アインに失礼だ。私の顔に泥を塗るような真似は慎んでいただきたい」

アウグストがそう苦言を呈した。

「失礼？　魔導師同士、率直な話し合いをしているつもりだよ。彼のような礼儀を弁えないタイプには、それが一番のもてなしだ」

「さすが総魔大臣、話がわかる。口の上手い詐欺師の被害を受けて以来、どうもそういう手合いは信用できない」

「気に入ってもらえて光栄だ」

ゴルベルドが圧のある笑みを向け、

「そう思ってもらえて光栄だ」

同じくアインが圧のある笑みを返す。

ギーチェの視線に、アウグストは呆れたように肩をすくめた。

「勘違いしている若い魔導師は多いが、学位というのは研究ができれば与えられるものではない。そもそも大きな魔法研究は一人ではできない。礼節は必要だ」

ノーヴィスが説明する。

アインは口を挟まず、聞いていた。

「その上、総魔大臣に食ってかかるような学生は総じて頭が悪い。それがどんな結果をもたらすか、魔法研究よりも遥かに予想が簡単だ」

総魔大臣の正当性をノーヴィスははっきりと主張する。

それに、ゴルベルドが続く。

「だから、君に学位を与えなかった。理屈は間違っていなかった。だが」

ゴルベルドはまっすぐアインを見た。

「君は歯車大系の開発に成功した」

アインは黙って、総魔大臣を見返している。

「たまたま無視できないだけの才能を持っていた。それだけの話だ」

認めたくはないが認めざるを得ない、ということだろう。

「魔導学院への入学拒否は解除した。しかし、今更学位をとるためだけに三年間も無駄な授業を受けるつもりはないだろう？」

「まあな」

そんな暇があれば、魔法研究をしたいとアインの顔に書いてある。

「一つ提案がある」

ゴルベルドが魔法陣を描く。

すると、壁の一角が光り輝き、扉のように開いた。

「かべがひらいたっ！」

シャノンが驚いたように声を上げる。

「私の固有工房だ」

ゴルベルドが先導し、彼らはその工房へ入っていく。

薄暗く、不気味な雰囲気だ。

暗闇の向こう側で、なにかがアインたちを見ている。

『くっくっく』

声が響く。

『のこのこやってきおって』

無機質で、不気味な声が。

『飛んで火に入る夏の虫よ』

暗闇の奥から、響き渡る。

『愚かな無学位に、鉄槌を！』

後ろに何者かの気配を感じ、ギーチェが抜刀しようとする。

「待て」

その肩をアインがつかみ、制止した。

彼はそこに魔眼を近づける。

暗闇にあったものの姿が見えた。

「人形か。器工魔法陣だな」

「その通り。灯りをつけなさい」

ゴルベルドがそう口にすると、『了解しました』と人形が言った。

そうして、その人形は【灯光】の魔法を使い、灯りをともした。

室内には大量の人形が設置されており、思い思いに言葉を発している。

「……自動展開術式……いや、少し違うな」

アインが独り言のように言うと、ゴルベルドが説明した。

「私の研究は魔法陣そのものの判断によって動く、叡智ある器工魔法陣の開発だ。ここにいる人形たちは、いずれ魔導師を超える」

「つまり、器工魔法陣に魔法を開発させるのか？」

アインが問う。

「最終的にはね。今生み出せるのは動物以下の知恵だよ」

ゴルベルドがそう答えた。

「オマエの性格は終わっているが、研究は面白い」

「では、一緒にやらないか？」

アインが警戒するように視線を鋭くした。

「本気で言ってんのか？」

「もちろん、これが本題だ。総魔大臣の共同研究者であれば、特例で学位を授与できる。学位さえ取ってしまえば、昇格は容易い。歯車大系の実績があるからね」

ゴルベルドは言った。

「六智聖より上の学位に推薦しよう」

アインが僅かに目を丸くした。

実績と総魔大臣の推薦があるならば、余程のことがなければ通るだろう。

「ろくちせいよりうえって、なにがあるかな？」

シャノンがギーチェに問う。

「十二賢聖偉人だけだ」

おぉっ、とシャノンは期待に拳を握る。

「ずいぶんとオレに都合のよすぎる話だが？」

「一つだけ条件がある。ただ——」

と、ゴルベルドは指を一本立てる。

「その前に、まず彼女を狙った【白樹(はくじゅ)】の魔導師のことを話しておかなければならない」

ゴルベルドはそう切り出した。

「アリゴテの？」

「私と同じ顔だというのを不可思議に思っただろう」

アインの問いに、総魔大臣は答えた。

「彼の正体はガルヴェーザ・アデム。この手で殺したはずの我が双子の弟だ」

§5. 授けられし一族

総魔大臣ゴルベルド・アデムの述懐——

アデムとは、授けられし一族だ。

祖は十二賢聖偉人、紅血大系を開発したウォールズ・アデム。彼は自らの血に魔法をかけ、その魔力を増強させた。

それはウォールズの血を引く子孫にも受け継がれ、アデムの一族は皆、魔力持ちである。

だが、人為的に授けられた力は時折、彼ら自身に牙を剝いた。

「ご当主様。お世継ぎが無事にお生まれになりました」

「すぐに行こう。男か？　女か？」

「元気な男の子……ではあるのですが……」

腹心の知らせを聞き、当時のアデム家当主レイザルドは邸宅の医務室に駆けつけた。

そして、目を見開く。

生まれた我が子は一人ではなかったのだ。

「双子……！　なんということだ……！」

嘆くようにレイザルドは声を上げる。

「……どちらが……忌み子なのだ？」

すると、魔法医が片方の赤子を抱きかかえた。

「ご覧ください」

魔法医は赤子の顔をレイザルドに向ける。

瞳から、魔力が溢れ出している。

それは黒く燃えるような魔眼だった。

レイザルドが息を呑んだのは、その禍々しさを目の当たりにしたからだけではない。

アデムの一族に伝えられている通りのものだったからだ。

「……火塵眼……まさか私の代で発現する子が現れようとは……」

しばらくその魔眼を見つめた後、レイザルドは言った。

「枷をつけ、幽閉しろ」

「し、しかし……奥方様がなんというか……」

「火塵眼は禁呪だ。制御できたのは始祖ウォールズ様のみ。この化け物を外に出せば、アデム家の権威は失墜する」

冷徹にレイザルドは言った。

「妻には火塵眼が暴走して燃え尽きたと伝えろ」

「……仰せのままに」

そう魔法医は答えた。

かくして、忌み子とされたガルヴェーザは屋敷の地下牢に幽閉されることとなった。

彼は一歩もそこから出ることは許されず、一部の人間を除いては存在すら知らされることはなかった。

§　§　§

それから、七年が経った――
アデム家邸宅。地下牢。
窓一つないその牢獄に、一人の少年が座っている。
ガルヴェーザだ。
両目を大きな眼帯で覆われ、足には鎖がついていた。
なにをするでもなく、彼はただ座り続けている。
「ガルヴェーザ」
幼い声が響く。
ガルヴェーザはそちらに顔を向けた。
同じ顔の少年が立っていた。彼は地下牢の鍵を手にしている。
ガルヴェーザの兄、ゴルベルドである。
彼はいつものように地下牢を開け、ガルヴェーザの隣に座った。
「この間ゴルベルドが言っていた新魔法の作り方がわかったよ」
ガルヴェーザは空中に魔法陣を描く。

「魔炎は光を放つ。この光で熱をくるみ、凝縮すれば閃光と化す。これで【魔炎殲滅火閃砲】の完成だ」

ガルヴェーザは指先から、極小の火閃を放つ。

それは鉄格子の向こう側の壁を貫通し、小さな穴を穿った。

「素晴らしい」

ゴルベルドは言った。

「ガルヴェーザ。やはり君は天才だよ。第十三位階魔法は大人の魔導師でも簡単に開発できるものではない。それをこんな牢獄でやり遂げるのだから」

「ゴルベルドが調べてくれた知識があってこそだ」

「僕たちは大人になったら、凄まじい魔導師になるよ。【本を書く魔導師】に」

するとガルヴェーザは真顔で言った。

「……ゴルベルドはそうなるだろう。俺はここから出られない」

「大丈夫だよ。僕が当主になれば、出してあげられるからね」

「現当主が認めないだろう」

達観したようにガルヴェーザが言う。

「どんな手を使ってでも認めさせるよ。才能のある人間が魔導師になれないなんて、おかしいからね」

「俺は禁呪そのものだ。この世界にあってはならない」

ゴルベルドは不服そうな顔で見返して、手にした鍵をガルヴェーザの眼帯に差し込んだ。

魔法陣が描かれたかと思うと、パズルが解けるように眼帯が外れる。

ゴルベルドの目に映ったのは黒く輝く炎の魔眼。

息を呑むほどに美しい火塵眼だった。

「ほら、火塵眼はこんなにも美しい。これがあってはならないなんて、世界の方が間違っている」

すると、ガルヴェーザは寂しそうに微笑んだ。

「一緒に世界を変えよう。僕はガルヴェーザを裏切らない。約束だ」

「……そうだな」

ガルヴェーザが言った。

「俺もゴルベルドを裏切らない。それだけは約束しよう」

ゴルベルドは満面の笑みを浮かべたのだった。

§　§　§

一〇年後――

アデム家の邸宅が燃えていた。

「なぜだ、ガルヴェーザ。父上を放せ。今なら、まだ後戻りができる」

炎上する広間にゴルベルドとガルヴェーザが対峙していた。

ガルヴェーザの手には父レイザルドの姿があった。炎に包まれている。

ガルヴェーザの眼帯は外れ、火塵眼があらわになっていた。

「手遅れだ」

ガルヴェーザは諦観したように言った。

「一七年間、俺は存在してはならない者として幽閉され続けてきた。ゴルベルド、お前だけが唯一、俺の味方だった」

ガルヴェーザは火塵眼を光らせる。

父親の体が更に炎に包まれ、そして跡形もなく燃え尽きた。

「これでお前が当主だ。解放してくれ」

一瞬の沈黙の後、ゴルベルドは言った。

「理解できない。なぜこんな愚かなことをしでかした？　私の言うとおりにしていれば、それで穏便に済んだはずだ」

「……双子といっても、俺とお前は違いすぎた」

ガルヴェーザが手の平をかざせば、魔力の粒子が溢れ出し、そこに剣が現れた。

ゴルベルドははっとして、叫んだ。

「愚かな真似をっ！」

「さらばだ、ゴルベルドッ!!」

ガルヴェーザは勢いよく剣を振り上げた――

§ § §

天空城アルデステムアルズ。第一魔導工房。

「――私は火塵眼を剣で斬り裂き、ガルヴェーザの心臓を確かに貫いた。遺体は魔法省に引き渡したよ。検分後、彼は火葬された」

ゴルベルドが過去の顚末を語る。

「確認したけれど、禁呪案件のため、当時の総魔大臣が立ち会ったようだ。両目と心臓に深い傷があり、治癒は不可能だったと記録にある」

アウグストがそう補足した。

「数年後、私に第一子ディオンが生まれた。だが、ディオンは何者かにさらわれた。ゆりかごに残されていた羊皮紙には『約束を果たしてもらう』と書かれていたよ」

ゴルベルドにとっても心当たりは一つしかなかった。

「生きているはずがない。だが、ガルヴェーザだと確信したよ。恨んでいるんだろうね。才能を持ちながらすべてを奪われた彼は、すべてを与えられた私を許せなかったのかもしれない」

彼は言った。

「だから、娘のリリアが産まれたとき、死産したことにしたよ。名を変え、僻地(へきち)でしばらく乳母に育てさせた。その後、身元を隠すため孤児院に入れた」

アインがなにかに気がついたように視線を鋭くした。

「孤児院？」

ゴルベルドはシャノンを見ながら、言った。

「──彼女の本当の名はリリア・アデム」

視線を移し、彼は続けた。

「アイン・シュベルト。君に本来の学位を返そう。その代わり、私の娘を返してくれないか？」

§6. 襲撃者

天空城アルデステムアルズ。第一魔導工房。

「アイン・シュベルト。君に本来の学位を返そう。その代わり、私の娘を返してくれないか？」

ゴルベルドがそう言った。

「それが条件か」

「身元を隠すために、私につながる情報は消した。君の同意がなければ、親権は動かせない」

一瞬アインはシャノンを見る。

話についていけないのか、ぼんやりとした表情をしていた。

「乳母はろくな親じゃなかったようだが？」

「一芝居打ってもらった。優しい親が孤児院に入れるのは不自然だ」

「そこまでして、なぜガルヴェーザに気がつかれた？」

「わからない。ガルヴェーザには計り知れないところがあったからね」

そうゴルベルドは答えた。

「私が開発したことになっている【魔炎殲滅火閃砲（ジア・ボルドヘイズ）】も、彼が七歳の頃に開発したものだ」

「秘匿魔法の一つや二つ、持っていても不思議はないかもしれないね」

アウグストがそう言った。

「シャノンの魔力暴走の原因は？」

「アデムの血による影響だろう。火塵眼（かじんがん）と同じく、なんらかの異能が発現している」

「……なるほど」

そう口にして、アインは考え込む。

「この人形たち、叡智ある器工魔法陣の開発も、元をただせば常にリリアを守る魔法を作れないか考えたからだ」

ゴルベルドは言う。

「失礼だが、君にリリアは守れない。代わりが欲しければ、条件通りの子どもを用意しよう」

アインの冷めた視線がゴルベルドを射貫く。

「オマエは、なんで娘を返して欲しいんだ?」

「おい、アイン。なにを聞いてっ……」

ギーチェが苦言を吐くが、ゴルベルドはさらりと言った。

「もちろん親心だよ。十二賢聖偉人ウォールルズ・アデムが自らにかけた、アデムの血と呼ばれるこの魔法はまだ解明されていない。異能を宿したシャノンはアデムにとって大事な子どもだ」

親心と口にしてはいるものの、アインは違和感を覚える。

その台詞、その声からは愛情が感じられなかった。

「研究と子どもとどっちが大事だ?」

「研究だよ。私は魔導師だ」

ゴルベルドは即答した。

「幸いにも、彼女は興味深い子だからね。私にも親心があったと気がつかせてくれたよ」

「オマエと話してると、ガルヴェーザの方がまともだった気さえしてくるぜ」

「禁呪研究をしている彼がかい？」

「赤ん坊のときから幽閉されりゃ、おかしくならない方が不自然だ」

そう口にして、アインは娘を見た。

「シャノン。こいつがオマエの実の父親だそうだ」

アインがゴルベルドを親指で指す。

「じつのちちおや？」

わからないといった風にシャノンが首をかしげる。

「実のパパだ」

アインがそう説明すると、

「まにあってる！」

ものすごい気迫でシャノンが言った。

「実のパパは、間に合ってるとかじゃないぞ」

「シャノンのじつぱぱは、ぱぱ！」

「さすがに血がつながってないからな」

「つなげて！」

シャノンが強く要求する。

その無茶ぶりにアインは笑った。

「というわけだ。シャノンがオマエを実の父親だと認めない以上、返す気にはなれん」

彼はそうゴルベルドに言った。

「そんな理由で十二賢聖偉人の座を棒に振れるかな？」

後悔するぞと言わんばかりにゴルベルドが見下ろしてくる。

吹っ切れたような笑みをアインは返す。

「魔法史に載らなくても、偉人は偉人だろ」

そう言い捨て、彼はその場を後にしたのだった。

§　§　§

「おみずのばしゃー」

シャノンの目の前には、魔導馬車があった。

キャビンはシャボン玉のように丸く、その周囲には割れないシャボン玉がいくつも浮かんでいる。

車輪は水に浸かっており、引いているのは水中、水面を駆ける水棲馬であった。

「魔導馬車シェルケーだ。これなら、日が暮れる前にアンデルデズンに帰れる」

そうアインが説明した。

「一緒に帰りたいところだけど、ティエスティニアで用事があってね」

アウグストが言った。

「アウグスト。顔を潰して悪かったな」

アインが謝罪すると、

「いや、私の方こそすまなかった。実の親といっても、総魔大臣の話は不躾すぎる」

アウグストが逆に謝ってきた。

「彼がどういうつもりなのか、もう少し探りを入れてみよう」

「無駄だろ。あっちから折れるとは思えない」

「私は六智聖として、君に学位を取らせると言った。魔導師の約束だ。死力を尽くさなければ、仁義にもとる」

「気にするなよ」

アインはそう言い、おどけるように笑みをみせた。

「パパ友だろ」

一瞬目を丸くした後、アウグストは表情を緩めた。

「戻ったらアナシー呼んで、うちでパーティでもしようぜ」

「それはいいね」

アウグストと別れ、アインたちは馬車に乗り込んだ。

§　§　§

王都アンデルデズンへ続く道を魔導馬車シェルケーが走っていた。

取り付けられた器工魔法陣が、魔導馬車の半径三メートルを水たまりに変えている。

水棲馬は水上を駆ける速度が速く、馬車はぐんぐんと進んでいった。

「まどーばしゃは、おそとにひとがいなくてもうごくの、どーして？」

キャビンの中でシャノンが言った。

「これは魔導兵器の一種だからな。御者台はここなんだ」

と、ギーチェが説明する。

「ぎょーしゃだい？」

「魔導兵器を操作する席のことだ。馬車の外の席もそう呼ぶけどな」

魔法球に軽く手をかざしながら、アインが言う。

「なぜにおなじなまえかな？」

疑問の眼でシャノンはアインを見た。

「最初に作られた魔導兵器は馬車だと言われている。だから、それ以降の魔導兵器、ゲズワーズなんかでも内部で操作する席を御者台と呼ぶようになった」

「じゃ、まどーばしゃ、たいほううてるっ？」

目をキラキラさせながら、シャノンが聞く。

「さすがに――」

その瞬間、アインはなにかに気がついたように魔眼を光らせた。

水棲馬が走っている水たまりが一瞬にして凍結する。水棲馬は足を取られ、車輪がガタガタと揺れ、馬車がぐらりと傾いた。

「わあああぁぁぁっ！」

アインが咄嗟にシャノンを庇う。

馬車はそのまま道を外れて横転した。

そこへ魔法砲撃が放たれた。雨あられの如く炎弾が降り注ぐ。

「――さすがに大砲はついていないが、結界は張れる」

魔導馬車の水が巨大なシャボン玉のように変化し、結界を構築した。炎弾をシャボン玉の結界が防ぎ、馬車を守っている。

「何人だ、ギーチェ」

アインが言う。

横転した際に馬車から飛び出していたギーチェが、刀を構えながら、頭上を睨んでいる。

「視認できたのは四人」

空から舞い降りてきたのは【白樹】の四人、バッカス、サルタナ、ツヴァイゲルト、そして眼帯の魔導師アリゴテだった。

「【白樹】の魔導師だ」

§7. 連鎖歯車

ひっくり返った馬車の中でアインが言う。

「シャノン、絶対に外に出るな」

こくりと彼女がうなずいた瞬間、外の状況が動いた。

刀を構えるギーチェに対して、まずフードの男――サルタナが長い杖を振るった。

「【鋼呪縛刺弾槍】」

魔法陣が描かれ、そこに出現したのは禍々しい槍であった。

その切っ先がギーチェに向けられる。

目にも留まらぬ速度で迫った【鋼呪縛刺弾槍】を、刀で捌くようにギーチェは後方へ受け流す。

《地鉱大系か》

ギーチェがそう判断した瞬間、禍々しき槍が射出された。

すると、仮面をつけた男、ツヴァイゲルトが魔法陣を描いた。

「【転移砲門】」

槍が弾き飛ばされた方向に出現したのは、四角く黒い穴だ。

そこに槍が吸い込まれていき、そして、突如、ギーチェの真横に現れた。

《時空大系の空間転移……！》

槍は黒い砲門から出現している。それが、黒い穴の出口なのだろう。

咄嗟に彼は身を捻ってかわし、大上段に【鋼呪縛刺弾槍】を切り落とした。

ギーチェが素早く次の行動に移ろうとしたその瞬間だった。

「【鋼呪縛刺弾槍】」

「【転移砲門】」

サルタナが禍々しい槍を無数に出現させ、それをツヴァイゲルトが黒い穴に飲み込んでいく。

ギーチェの周囲を囲むように、ずらりと【転移砲門】の黒い砲門が並べられている。

そして、そこから【鋼呪縛刺弾槍】の穂先が覗いていた。

五〇……いや、もっとだろう。

第一位階魔法ならいざ知らず、【鋼呪縛刺弾槍】を一度にそれだけ出現させるのも、それらをすべて【転移砲門】にて転移させるのも、並の術者にできることではない。

禍々しい槍がギラリと光り、すべて同時に発射された。

全方位からの攻撃に身をかわす場所はない。

しかし、ギーチェは迷いなく地面を蹴った。

彼が選んだのは前進。それも尋常ではない速度だった。

背後から迫る【鋼呪縛刺弾槍】に追いつかれない速さで駆け抜け、前方からくる【鋼呪縛刺弾槍】を叩き切って落とす。

「なんだ、こいつは」

サルタナが数本の【鋼呪縛刺弾槍】を放つも、ギーチェはそれを捌ききり、横薙ぎに刀を振るった。

高速の剣撃は、しかし空を切る。

足下に【空間転移門】の魔法陣があった。

離れた位置に同じ魔法陣があり、そこにサルタナとツヴァイゲルトが現れた。転移したのだ。

はっとして、ギーチェは飛び退いた。

数瞬遅れて【鋼呪縛刺弾槍】が降り注ぎ、地面を抉る。

ギーチェは駆け出し、回避行動を取った。

だが、【鋼呪縛刺弾槍(ギムズガヴラ)】と【転移砲門(アロウズ)】により転移を繰り返し、どれだけ回避しても追ってくる。

「【封石魔岩結界(バディオウルズ)】」

サルタナが魔法を使えば、ギーチェの行く手に何本もの柱がせり出してきた。それは結界を構築して、彼の進路を制限する。

急停止したギーチェの背後から、無数の槍(やり)が降り注ぐ。

そのとき――

「【砲閃連鎖歯車魔導伝送(ロー・アヴロハイアス)】」

声が響き、魔法の光が弾(はじ)けた。

降り注いだ無数の槍(やり)、それらは一本たりともギーチェに当たることはなかった。

なぜか彼を避けるようにして、数十本もの【鋼呪縛刺弾槍(ギムズガヴラ)】が地面に突き刺さっているのだ。

立ちはだかったのはアイン・シュベルト。

彼の前方には、鋸刃(のこぎりは)の歯車が無数に浮かんでいる。連鎖歯車と呼ばれるものだ。

歯車の中心には結晶があり、それが魔法的な輝きを発していた。

そして、それら歯車はどれもが高速で回転している。

「それは魔法省の記録にない。秘匿魔法だな」

後方からアリゴテが声を飛ばしつつ、魔眼を光らせている。

秘匿魔法とは一般に公開されていない魔法のことだ。ロイヤリティマナを得ることはできないが、魔法陣やその効果などが知られていないため、戦闘では有利に働く。

「我々への対策と見た」

「いいや」

アインは平然と言葉を返す。

「しつこい違法魔導組織に娘を狙われていて、申請する暇がなかっただけだ」

瞬間、バッカスが動いた。

影の爪を伸ばせば、それが地面を伝ってまっすぐ伸び、魔導馬車の結界をすり抜ける。

影が実体化して、地面から魔導馬車に向かって突き出された。

それを察知していたギーチェがそこまで駆け、刀にて切り落とす。

アインが馬車から出てくれば、奴(やつ)らはシャノンを狙う。それを見越し、警戒していたのだ。

「シャノンのことは気にしなくていい」

馬車の前で、ギーチェは刀を構え、影の男バッカスを睨(にら)む。

「そのつもりだ」

アインが魔法陣を描く。

その背後にツヴァイゲルトが【空間転移門(リウイート)】で現れた。

「【伝送魔弾（ヴァーチェ）】」

アインが指先から魔力を送れば、空中に浮かぶ連鎖歯車の中心から、魔弾が降り注いだ。

「ぐっ……」

咄嗟（とっさ）にツヴァイゲルトは魔法障壁を張ったが、降り注ぐ無数の魔弾がそれに亀裂を入れ、破壊する。

たまらず、彼は【空間転移門（リウィート）】にて離れた位置に転移した。

「【封石魔岩結界（バディオウルズ）】」

サルタナが魔法を使えば、アインの足下から柱がせり出してくる。

それは元々あった柱と連動するように、彼を閉じ込める結界を構築する。

瞬間、回転するいくつもの連鎖歯車が直接その柱に突っ込み、鋸刃にて切断する。

《……歯車の刃で結界を切断した……？》

瞬時にそう思考したサルタナは魔法陣を描き、身構える。

「【伝送魔弾（ヴァーチェ）】」

結界を突破した連鎖歯車は、そのまま鋸刃を回転させながら、サルタナに襲いかかる。

それとは別の連鎖歯車が魔弾を放ち、ツヴァイゲルトを狙った。

二人はそれぞれ攻撃を回避していく。

「【転移砲門（アロウズ）】」

ツヴァイゲルトは黒い穴――【転移砲門】の裏門を盾に使い、【伝送魔弾】を呑み込む。

そして、アインの側面に出現させた表門より、その魔弾を返した。

「【第四位歯車】」

アインが魔法陣を描けば、連鎖歯車が出現する。

跳ね返された魔弾が、その連鎖歯車の中心を通ると、向きが歯車の方向に曲がり、狙いを外した。

《あれで【鋼呪縛刺弾槍】を防いだのか。それと、なんだ？　魔弾が通った後、歯車が回転し始めた……？》

ツヴァイゲルトがアインの魔法を分析する中、回転した連鎖歯車はまっすぐ【転移砲門】の表門に飛び込んだ。

それは空間を超え、ツヴァイゲルトのそばにある裏門から出現する。襲いかかる連鎖歯車を、彼は飛び退いてかわす。

しかし、アインは次々と裏門へ連鎖歯車を飛ばし、ツヴァイゲルトに誘導させていく。

「【鋼呪縛刺弾槍】」

禍々しい槍を無数に宙に並べ、サルタナはそれを射出する。

「【伝送魔弾】」

アインは回転する連鎖歯車から魔弾を放ち、それらを迎え撃つ。

しかし、サルタナの前に転移してきたツヴァイゲルトが【転移砲門(アロウズ)】を使った。

無数の裏門が【伝送魔弾(ヴァーチェ)】の前に展開され、それが表門を通って跳ね返される。

無数の槍(やり)と魔弾が、アインに雨あられの如(ごと)く降り注ぐ。

瞬間――

「【砲閃連鎖歯車魔導伝送(ローアヴロハイアス)】」

再びアインが使ったのは、彼が新たに開発した第十二位階魔法。

無数の歯車が出現していき、それが勢いよく回転する。

「【伝送魔弾(ヴァーチェ)】」

放たれる無数の槍(やり)、時空大系によって跳ね返される魔弾。

それに対してアインの取った行動は単純明快。

【転移砲門(アロウズ)】が魔弾を跳ね返すといっても、一門につき、一発が限度だ。

ならば、跳ね返された魔弾も、迫りくる無数の槍(やり)も、すべて物量にて押しつぶす。

《……なんだ、この砲撃速度は……？》

《こっちは二人……しかも魔弾を跳ね返している……三倍、いや四倍以上の……!?》

跳ね返した魔弾、禍々(まがまが)しい槍(やり)が、アインが放つ夥(おびただ)しい数の【伝送魔弾(ヴァーチェ)】に塗りつぶされるように相殺(そうさい)されていく。

なおも余りある魔弾はサルタナとツヴァイゲルトを襲った。

「……く……⁉」

ぎりぎりのところでツヴァイゲルトは【空間転移門（リウイート）】を使い、真横に転移した。

「転移が遠く、間隔が短いほど、【空間転移門（リウイート）】は困難だ」

アインが言った瞬間、ツヴァイゲルトがはっと後ろを振り向く。

最初に二人に襲い掛かった無数の連鎖歯車がそこに浮かんでいる。

放たれた無数の魔弾は、その連鎖歯車を二回経由して向きを変え、サルタナとツヴァイゲルトに再び迫る。

「……⁉【空間転（リウイ）――‼」

転移魔法は間に合わず、その魔弾の雨が【白樹（はくじゅ）】の二人を呑（の）み込（こ）んだ――

§8．誤算

アインの【伝送魔弾（ヴァーチエ）】が【白樹（はくじゅ）】の二人を捉える。

サルタナが咄嗟（とっさ）に張った魔法障壁は、魔弾の物量に押し切られ、あっという間にすりつぶされていく。

「う、お、あああぁぁぁっ……!!」

魔弾の雨に全身を撃ち抜かれ、サルタナとツヴァイゲルトは吹っ飛んだ。

彼らはアリゴテが立つ丘に体を叩きつけられ、ぐったりとその身を伏す。

最早、意識はない。

「まだ助かるぜ」

アリゴテに向かって、アインが言う。

「連れて帰って、治療するんだな」

「残念だが、もう助からない」

アリゴテは両手をかざし、倒れた二人に魔法陣を描く。

アインがはっとする。

倒れた二人が一気に燃え上がったのだ。

「【火葬死骨兵】」

ギ、ギギィ、と軋んだ音を響かせながら、ゆっくりとその二人は立ち上がる。

骨だけになった体に炎を纏い、魔眼をぎらりと光らせた。

アインを敵と認識したようだ。

《……遺体を操る魔法……生前の魔力が強化されている》

アインは【火葬死骨兵】をそう分析する。

「悪趣味な禁呪だ」

「悪趣味？　魔導師とは名より実を取るものだ」

平然とした調子でアリゴテは言い、指先で命令を発する。

二体の【火葬死骨兵（ゴドゥーザ）】の手から炎が上がったかと思えば、そこに骨の杖（つえ）が現れた。

§　§　§

馬車の中。
シャノンは窓にピタリと張り付いていた。
《ばけものでてきた……!?》
【火葬死骨兵（ゴドゥーザ）】を見ながら、シャノンはぶるぶると体を震わせている。
《3たい1で、ぱぱ、だいピンチ！　シャノン、てだすけしないと！》
外に出ようとしたシャノンだったが、すぐに『絶対に外に出るな』と言われたことを思い出す。
彼女はうーんと頭を悩ませ、そしてはっと閃（ひらめ）いた。
《まどうばしゃで、おみずのたいほううって、ほねのばけものの、ひをけす！》
シャノンの頭には完璧な作戦が構築されていた。

無論、彼女なりに、の話である。

シャノンはぐっと拳を握って、魔力を発する。

§　§　§

「【灼熱魔炎砲（ボルミオン）】」

二体の【火葬死骨兵（ゴドゥーザ）】が骨の杖（つえ）から、巨大な灼熱（しゃくねつ）の炎弾を放った。

《操られた遺体が魔法を……？　それも第十位階……!!》

そう思考しつつも、アインは素早く魔法陣を描く。

「【第十位歯車（バプテスト）】」

巨大な連鎖歯車が生成され、その中心を【灼熱魔炎砲（ボルミオン）】が通過する。

【鋼呪縛刺弾槍（ギムズガヴラ）】や魔弾と同じく、【灼熱魔炎砲（ボルミオン）】は歯車の向きに合わせて軌道を捻（ね）じ曲（ま）げられ、狙いを外した。

そして、【灼熱魔炎砲（ボルミオン）】が通過した連鎖歯車は力を得たかの如（ごと）く、勢いよく回転を始めた。

「【伝送魔弾（ヴァーチエ）】」

小さな連鎖歯車から魔弾が次々と撃ち放たれる。

二体の【火葬死骨兵（ゴドゥーザ）】は飛（と）び退（の）いてそれをかわしていく。

《動きが速い。だが――》

アインが指先を伸ばし、魔法陣を描いた。

「【伝送魔弾】」

【第十位歯車】で作った巨大な連鎖歯車から、閃光の如く魔弾が発射された。

それは回避行動をとっていた【火葬死骨兵】の逃げ場を塞ぐように直進し、容赦なくその死兵をぶち抜いた。

二体の【火葬死骨兵】は上半身を丸ごと消失している。

「観察はもう十分だろう。それとも」

アインが言った。

「まだ【砲閃連鎖歯車魔導伝送】の魔法効果がわからないか？」

「一つわかった」

アリゴテは言った。

「その魔法では【火葬死骨兵】を倒せない」

瞬間、下半身だけになった【火葬死骨兵】から炎の柱が立ち上る。

中に見えたのは黒い影。

炎がふっと消えれば、そこには完全に体が再生した二体の【火葬死骨兵】が立っていた。

チッ、とアインが舌打ちしながら、複数の連鎖歯車から【伝送魔弾】を放つ。

再び【火葬死骨兵（ゴドゥーザ）】の骨を削っていくが、やはり瞬く間（またたくま）に再生する。

《遺体のマナを再生に使っているのか。死体に戻す条件があるはずだが……》

その瞬間――巨大な水の塊が明後日（あさって）の方向から飛んできて、【火葬死骨兵（ゴドゥーザ）】に直撃した。

纏（まと）っていた炎が消火され、一体の【火葬死骨兵（ゴドゥーザ）】はガラガラと骨だけになり、地面に崩れ落ちた。

それこそが、【火葬死骨兵（ゴドゥーザ）】を死体に戻す条件だったのだろう。

《…………!?　これは――》

アインが横目で、魔導馬車に視線を向けた。

《シャノン、か……？》

「めいちゅーっ！　おみずのたいほう、はっしゃ！」

シャノンの青い瞳に魔法陣が描かれている。

彼女が魔力を発すれば、それに呼応するように魔導馬車の結界が一部、弾丸の如（ごと）く撃ちだされた。

《どういうことだ？　あの魔導馬車には砲塔の類はついていないはず……!?》

付近でバッカスと戦闘中だったギーチェが、眉をひそめる。

撃ち出された水の塊は、残り一体の【火葬死骨兵（ゴドゥーザ）】めがけて飛んでいく。

だが、狙いが甘い。

即座にアインが魔法陣を描き、連鎖歯車を操作する。

一枚の連鎖歯車が飛んできた水の塊の角度を変え、避けようとした【火葬死骨兵(ゴドゥーザ)】の足を、他二枚の連鎖歯車が切断した。

水の塊はそのまま【火葬死骨兵(ゴドゥーザ)】に直撃し、再生の炎を消火する。

バラバラと骨だけが地面に積み重なった。

「残念だったな」

そう口にしてアインは連鎖歯車の照準をすべてアリゴテに向ける。

まだ彼は完全に【砲閃連鎖歯車魔導伝送(ロー・アヴロハイアス)】の魔法効果を解明していない。

今ならば、アインに有利がある。

「いいや」

だが、アリゴテはそう答えた。

強がりでもなんでもない。彼は嗤(わら)っていた。

心の底から、嬉(うれ)しくてたまらないといったように。

「とても嬉(うれ)しい誤算だ。ここまで進んでいたのだから」

アリゴテが魔法陣を描く。

糸を編んだようなその形状に、アインは鋭い魔眼を向けた。

《……魔法大系がまるでわからん。あれも禁呪か――》

全神経を目の前に集中する。

だが、異変が起きたのは後方から――魔導馬車を中心に激しく魔力が溢れ出したのだ。

自ら水の結界を破壊し、木々を薙ぎ倒していく濃密な魔力の渦に、アインは見覚えがあった。

《……魔力暴走……!?》

チッと舌打ちをして、アインは無数の連鎖歯車からアリゴテに【伝送魔弾】を放つ。

即座に身を翻し、アインは魔導馬車へ向かって飛んだ。

「シャノンッ……!!」

§9．最期の言葉

シャノンの体から魔力が溢れ出し、激しく荒れ狂う。

馬車内部もズタズタに引き裂かれていき、シャノンははっと気がついた。

「まりょくぼーそー……？」

シャノンは拳をぐっと握りしめ、全身に魔力を巡らせる。

アインと一緒に検証したように、そうすることで、彼女が引き起こす魔力暴走は停止する。

だが――止まらない。

助けを求めるようにシャノンが叫んだ。

「ぱぱぁっ……！」

「ぱぱっ、たいへん！　ぼーそーとまらないっ……！」

魔導馬車を中心に広がり続ける魔力暴走。

ギーチェとバッカスがそれを避けるように、距離を取っている。

そこへ、猛スピードでアインが飛んできた。

「心配いらん」

アインの周囲に浮かぶ無数の連鎖歯車が、魔力暴走を包囲するようその配置を形成していく。

前面には大型の歯車を、後方に下がるにつれて、より小型の歯車が配置された布陣である。

「【減界魔導連結(ディスケウス)】」

アインの連鎖歯車が結界を構築した。

荒れ狂う魔力暴走は【減界魔導連結(ディスケウス)】に触れることでその威力を減衰させ、外に漏れ出ることはない。

第十位階以上の魔力暴走、それをたった一人で完全に抑え込んでいた。

「護石輪(ごせきりん)、結界術式起動」

アインが魔法陣を描けば、シャノンの腕につけられた護石輪(ごせきりん)が彼女を包み込む結界を構築した。

要人を護（まも）るために開発された魔導具だ。これで余程のことがない限り、シャノンが傷つく心配はない。

《あとは馬車を――》

アインがそう思考した瞬間だった。

「【魔炎殲滅火閃砲（ジア・ボルドヘイズ）】」

地上から凝縮された火閃（かせん）が疾走した。

アインは連鎖歯車二枚を盾にしたが、そのすべてを撃ち抜き、アインが張った魔法障壁すら貫いて、彼の脇腹を貫通した。

「ぐっ……!!」

被弾したアインは体勢を立て直し、地面に手をついて着地する。

眼前に、アリゴテの姿が映った。

「歯車の大小は位階の大きさと見た。魔法砲撃の弾道を変えられるのは、それと同位階以上の歯車を使わなければならない」

彼はそう見解を述べる。

【魔炎殲滅火閃砲（ジア・ボルドヘイズ）】は第十三位階。そのため小型の歯車では弾道を変えることができなかったのだ。

アインの口からは血が滲（にじ）んでいる。

痛みをこらえ、彼はゆっくりと立ち上がった。

「通常より傷が浅い。恐らく、低い位階の歯車を通ることにより魔法の位階が下がる。今の【魔炎殲滅火閃砲（ジア・ボルドヘイズ）】は十一位階程度まで下がったのだろう」

問題を解くようにアリゴテは続けた。

その仮説は正しく、だからこそ、アインの魔法障壁でも致命傷を避けることができたのだ。

「シャノンになにをした？」

アインが問う。

「魔導師なら、己の目と耳と手で解明することだ」

アリゴテはそう答えた。

「詳しい奴（やつ）がいるなら聞いた方が早い」

言いながら、アインは魔法陣を描く。

「【伝送魔弾（ヴァーチエ）】」

数枚の歯車から、魔弾が撃ち放たれる。

アリゴテはそれを走りながら避ける。

なおも降り注ぐ魔弾を魔法障壁で防いだ。

「歯車の数はそれで限界か？　それとも、魔力暴走を抑えながらでは操り切れないのか？」

「仮説はそれだけか？」

アインは【飛空(レフ)】の魔法で低空を飛び、連鎖歯車とともにアリゴテに突撃していく。

「【加速歯車魔導連結二輪(ジルクセイド・トルテ)】」

「【導火縛鎖(ファゼム)】」

ぐんと加速したアインに向かって、アリゴテが魔法陣から一〇本の鎖を出現させた。

その鎖は複雑に絡(から)み合(あ)うかのような軌道を描き、アインの行く手を完全に阻(はば)む。

アリゴテは手の平に火閃(かせん)を凝縮する。【魔炎殲滅火閃砲(ジア・ボルドヘイズ)】だ。

そのすべてを視界に収め、アインは思考を回転させていく。

《【導火縛鎖(ファゼム)】のパズルだ。【魔炎殲滅火閃砲(ジア・ボルドヘイズ)】はつなげられた複数の鎖を伝う。独立した鎖ならば、壊せる》

そのパズルを解いたアインは、どの鎖とも接していない一本のみの【導火縛鎖(ファゼム)】を【伝送魔弾(ヴァーチエ)】にて撃ち抜いた。

空いた穴へアインは飛び込もうとして、しかし寸前で急停止した。

【導火縛鎖(ファゼム)】を通らず、【魔炎殲滅火閃砲(ジア・ボルドヘイズ)】がまっすぐ飛んできたのだ。

ぎりぎりのところで、それはアインの髪をかすめていく。

《【導火縛鎖(ファゼム)】を囮(おとり)に……いや……》

アインの右手に一本の【導火縛鎖(ファゼム)】が巻きついている。

【魔炎殲滅火閃砲（ジア・ボルドヘイズ）】を囮（おとり）にして、アインの足が止まった一瞬の隙を狙ったのだ。

アリゴテがその鎖に手をかざす。

「【魔炎殲滅火閃砲（ジア・ボルドヘイズ）】」

「【加速歯車魔導連結（ジルクセイド）――】」

アインは連鎖歯車を振りかぶり、投擲（とうてき）した。

「――四輪（バッツエ）!!」

アインに巻きついた【導火縛鎖（ファゼム）】を伝い、反対側から向かってくる【魔炎殲滅火閃砲（ジア・ボルドヘイズ）】。

それよりも早く、そして速く、加速した連鎖歯車が寸前のところで【導火縛鎖（ファゼム）】を切断した。

【魔炎殲滅火閃砲（ジア・ボルドヘイズ）】は切断された鎖の先端から抜け、明後日（あさって）の方向に飛んでいく。

そして、鎖を切った連鎖歯車は鋸刃を高速で回転させながら、そのままアリゴテに襲いかかった。

彼は跳躍して、それをかわす。

「答えはわかっただろ」

それを読んでいたアインが、すでに背後に回っていた。

「オマエ一人なら、この枚数で十分だ」

「一人とは限らない」

アインの目の端に火の粉がちらついた。

唸りを上げて飛んできた【灼熱魔炎砲】が派手に爆発した。

魔法障壁を張っていたアインは、後退し、噴煙の中から脱出する。

着地したアインが魔眼を光らせれば、木々の隙間に炎を纏った骸骨兵の姿が見えた。

一体……四体――一六体だ。

気がつけば、アリゴテと一六体の【火葬死骨兵】がアインを取り囲んでいた。

「君は偉人だ。最期の言葉を聞いておこう、アイン・シュベルト」

アリゴテがそう口にする。

「すべての計画が順調に進んでいるときは一度振り返ってみた方がいい」

不敵に笑い、思わせぶりにアインは言った。

「重大なミスに気がついていないだけだからだ」

§10. 分かれ道

「すべての計画が順調に進んでいるときは一度振り返ってみた方がいい。重大なミスに気がついていないだけだからだ」

一六体の【火葬死骨兵（ゴドゥーザ）】に取り囲まれながらも、アインは言った。

アリゴテは平然と彼を見返している。

「それはよかった」

彼は言った。

「これで俺は重大なミスに気がつくわけだ」

アリゴテが【魔炎殲滅火閃砲（ジアボルドヘイズ）】の魔法陣を描く。

一六体の【火葬死骨兵（ゴドゥーザ）】が骨の杖（つえ）を使い、灼熱（しゃくねつ）の炎弾をそこに出現させる。

【灼熱魔炎砲（ボルミオン）】だ。

魔法砲撃の一斉射撃。

その瞬間、漆黒の影がその地面一帯を覆いつくした。

「【影王埋葬墓標（ニヘルヘイム）】」

アリゴテと【火葬死骨兵（ゴドゥーザ）】の背後に墓標が出現する。

《……!?　これは……体が沈む……？》

彼は足下に魔眼を向ける。

墓標の影の中に、アリゴテと一六体の【火葬死骨兵（ゴドゥーザ）】が沈んでいくのだ。

【火葬死骨兵（ゴドゥーザ）】たちは這（は）い上（あ）がろうともがいているが、影の外には出られない。

アリゴテは振り向いた。

その視線の先にいたのは、バッカスである。

「お前が裏切者(うらぎりもの)か、バッカス」

アリゴテが【魔炎殲滅火閃砲(ジア・ボルドヘイズ)】を放つ。

「【闇月(シエスタ)】」

闇の結界が球体状になり、バッカスを覆う。

凝縮された火閃(かせん)がそこに直撃するも、結界を突破することはできず、拡散した。

そのまま、アリゴテは【影王埋葬墓標(ニヘルヘイム)】に沈み切った。

《魔力暴走が……?》

アインが魔導馬車に魔眼を向け、

《止まった……》

ギーチェもそこを見た。

アリゴテとの魔法線が切れたからか、魔力暴走は完全に収まった。

バッカスの体に纏(まと)わりついていた影が晴れて、その姿があらわになった。

「アイン君、すぐに馬車を出しなさい」

そう彼は言った。

§　§　§

魔導馬車は全速力で道を走っていた

「はやいーっ！」

と、シャノンが窓の外を見て両手を上げている。

「どういうことなんだ？　この男は【白樹】の魔導師だろう？」

馬車の中でギーチェが怪訝そうに言った。

「アンデルデズン研究塔の元所長ジェラールだ」

「……貴様にシャノンを養子にするように言い出した……？」

ギーチェがそう確認しようとすると、

「所長は仮の身分だがね。僕は【蟻蜘蛛】だ」

その言葉に、ギーチェがはっとする。

「貴族院の諜報機関か」

「【白樹】へ潜入していてね。あのアリゴテという男がシャノンに関心があるようだから、先手を打って、アイン君に養子にしてもらった」

人を食ったような笑みを浮かべ、ジェラールは言った。

「我ながら冴えていたね」

ぽけーとした顔でシャノンは聞いている。

意味がよくわからないのだろう。

「で？　シャノンになにがある？　あの魔力暴走は、アデムの血が関係しているのか？」

「彼はガードが堅くてね。実のところ、まだなにもわからない」

「なに？」

ドゴォンッと爆音が鳴り響き、魔導馬車が激しく揺れる。

魔法砲撃だ。

「おっと。【影王埋葬墓標】はそう簡単に出られないはずなのだが」

馬車の後方をジェラールが振り向く。

アリゴテが空を飛びながら追ってきていた。

「【爆砕魔炎砲】」

魔法陣を描き、アリゴテは十数発の炎弾を魔導馬車に向かって撃ちだした。

水の結界がみるみる削られ、地面が何度も爆発する。

「実はこの近くに【白樹】の拠点がある」

魔導馬車内部。

ジェラールが手をかざせば、魔力の粒子が溢れ出し、そこに地図が現れた。

この地域周辺のものだ。

「ここだ」

と、ジェラールが指さした一点が光った。

「アリゴテの魔導工房がある。シャノンのこともなにかわかるだろう。彼が外に出てきた今が絶好の機会だ」

「忍び込むにも、奴をまかないことには無理だろう」

そうギーチェが言った。

アインは考え、そして地図を指す。

「この先で二手に分かれる。奴は片方しか追えない。追われた方は足止めをして、追われなかった方が拠点へ行く」

ジェラールは顎に手をやる。

「ふむ。よいプランだ。それでいこう」

そう口にすると、ジェラールは魔法陣を描く。

【黒魔複製陰影】

魔導馬車シェルケーの影がズズと動き始め、立体化していく。

あっという間に、影の馬車が作られた。

目の前にやってきた分かれ道を、魔導馬車は右へ、影の馬車は左へ進んだ。

アリゴテは迷わず、魔導馬車シェルケーを追った。

「【爆砕魔炎砲（ボルクス）】」

無数の炎弾が降り注ぎ、魔導馬車シェルケーの結界が蒸発していく。

「【加速歯車魔導連結二輪（ジルクセイド・トルテ）】」

加速歯車が回転して、魔導馬車シェルケーがぐんと加速する。

だが、アリゴテの飛行速度は速く、完全には引き離せない。

追撃とばかりに【爆砕魔炎砲（ボルクス）】の雨が降り注ぐ。

それをかろうじてやりすごすが、地面を燃やした炎弾が魔法陣を構築していた。

「【導火縛鎖（ファゼム）】」

魔法陣から鎖が伸びて、魔導馬車に巻きつき拘束する。

「【剛力歯車魔導連結二輪（ガウベルク・トルテ）】」

剛力歯車が回転し、馬力を増幅していく。ぎちぎち鎖は軋（きし）み、それが勢いよく引きちぎられた。

魔導馬車シェルケーが再び加速していく。

空を飛ぶ勢いで地を疾走する馬車は徐々にアリゴテを引き離していく。彼はそれに対して、指先を向けた。

「【魔炎殲滅火閃砲（ジア・ボルドヘイズ）】」

凝縮された火閃が直進して、疾走する魔導馬車を容赦なく撃ち抜いた。

地面は爆発し、横転した馬車は強く地面に叩きつけられる。

火閃によって火がつき、燃え始めていた。

そこへ、アリゴテがゆっくりと降下してきた。

「出てくるといい、アイン・シュベルト。貴様もシャノンを巻き込みたくはないだろう？」

「残念だが、シャノンはこっちにはいなくてね」

声が聞こえた瞬間、アリゴテが表情をしかめる。

馬車の影が伸びて、それが人影に変わる。

現れたのはジェラールだった。

「激しく追えば、アイン君が歯車大系を使うと思ったのだろう。暗影大系の魔法で対処したなら、引き返して別の馬車を追う予定だった」

ジェラールは言う。

「いやぁ、宴会芸用に歯車大系を習得していてよかった。芸は身を助けるとはこのことだ」

「知らなかったな、バッカス」

眼帯の奥から、アリゴテはジェラールを見据えた。

瞬間、眼帯が燃え上がり、赤く燃える火塵眼があらわになった。

「君は思ったよりも、愉快な人間だったようだ」

「怖い怖い。是非、お手柔らかに頼むよ」

影の魔法陣を描きながら、ジェラールは臨戦態勢に移行する──

§11. 投影される影の魔王

燃える魔導馬車を背景に、二人の男が対峙していた。

【蟻蜘蛛】のジェラールと【白樹】のアリゴテ。

両者の体からは夥しい量の魔力が立ち上っている。

人を食ったような笑みを浮かべるジェラールも、無表情を崩さないアリゴテも、その魔眼を相手の一挙手一投足に向けたまま、瞬き一つしようともしない。

バッカスとして【白樹】に潜入していたジェラールは、アリゴテが並々ならぬ相手だということを百も承知だ。

同様に、【白樹】の一員だったジェラールの実力をアリゴテは十分に理解していることだろう。

そして、互いに隠している力があることも。

だからこそ、二人は同時に同じ結論に至った。

「開闢(かいじん)——」

四文字の言葉が二つの声で完全に重なる。

相手の出方を窺(うかが)えば、その瞬間一気に押しつぶされる恐れがある。

ゆえに最初から、自らが操る最高の魔法にて勝負をかける。

それが二人の出した結論であった。

「魔導工域【深淵に潜む黒炎の龍(アンガルド・フォズムフラッデ)】」

アリゴテの背中で炎の翼がはためいた。

渦巻く火炎と激しい魔力は、大気をかき混ぜ、地面を激しく震撼(しんかん)させる。

そして——

「魔導工域【投影される影の魔王(ドウメラ・ベリオヘウス)】」

ジェラールの影が、彼のものとは明らかに違う巨大な姿へと変わった。

杖(つえ)を手にし、法衣を纏(まと)った、禍々(まがまが)しい骸骨のシルエット。その影はまさに魔王と呼ぶに相応(ふさわ)しい。

「【魔炎殲滅火閃砲(ジア・ボルドヘイズ)】」

アリゴテが炎の翼を広げ、そこから六発の火閃(かせん)が放たれた。

一直線にその魔法砲撃はジェラールを強襲する。

瞬間、影の魔王がぐにゃりと歪(ゆが)み、その形を変えていく。

それは六枚の鏡だった。

すると、その影が投影したかのように、空間に本物の鏡が出現する。

六発の【魔炎殲滅火閃砲(ジア・ボルドヘイズ)】は、六枚の鏡に直撃すると、まるで光のように反射された。

跳ね返ってきたその火閃(かせん)を、アリゴテは炎の翼を閉じて防ぐ。

ゴオオオォォォと渦巻いた炎を、その翼がすべて呑(の)み込(こ)んでしまった。

「炎を吸収する。いや、吸収しているのは魔力かな？」

分析するように、ジェラールが言った。

見れば影はまた魔王の姿に戻っており、六枚の鏡も消えている。

間髪を容(い)れず、アリゴテはその影の魔王を睨(にら)みつける。

火塵眼(かじんがん)が魔力の光を放った瞬間、その影が燃え上がる。

いや、違う。

燃えているのは影ではなく、地面だった。

影の魔王は一瞬消えたが、再び元の形状に戻っている。

「影の魔王を攻撃することはできないよ。影に傷はつかないだろう」

ジェラールがゆっくりと手を挙げれば、影の魔王が変形し、巨大な影の剣となった。

すると、空中に巨大な剣が投影され、それがアリゴテめがけて勢いよく射出される。

彼は静かに拳を握ると、突っ込んできた巨大な剣の先端に突き出した。

ミシィッとその剣に亀裂が入り、ガラス細工のように砕け散る。

剣を殴りつけたアリゴテの拳からは、血の一滴も流れていない。

火塵眼が光り、その視線が今度はジェラールを見据えた。

しかし、彼の姿が黒い影に覆われる。

「火塵眼の対策はアイン君が見つけたはずだよ」

【投影される影の魔王】の力にて、ジェラールはその体に影を貼り付けたのだ。

どこにいるかがわからないわけではない。ジェラールは黒い影を纏い、その場に立っている。

にもかかわらず、アリゴテの火塵眼は無効化されていた。

「この影は一切の光を寄せつけない。君は僕を見ているようで、実は見えていない。見えていないことがわかるといったところかな。だから、火塵眼は通用しない」

ただ周囲が明るいから、そこに影があるのだとわかるだけ。

火塵眼は見えているものを燃やす魔眼だ。見えていないのならば、効果を発揮しない。

ジェラールはアリゴテを指差し、ニヤリと笑う。

「出し惜しみしたまま、勝てると思ったのかな？」

「いいだろう」

すっとアリゴテが指先を伸ばす。

「出ろ、炎龍」

彼の指から黒い炎が一気に噴出した。

否、それはただの炎ではない。

龍だ。黒い炎の体を持った巨大な龍がアリゴテの体の中から飛び出してきたのだ。

周囲の温度が急上昇し、木々や草花が炎上する。

ゴオオオオオオォォォと炎が燃えさかる音が、あたかも龍の咆吼のように聞こえてきた。

「これはまずいねぇ」

そう口にした瞬間、ジェラールの足下から影が這いずり出てきた。

禍々しい杖と法衣、骸骨の体を持った影がそこに実体化する。

その体軀は炎龍の巨体に勝るとも劣らない。

「さあ、力比べと行こうか」

炎龍と影の魔王、互いに膂力には自信があるのか、両者は真っ向から突っ込み、激突した。

§　§　§

魔導馬車が疾走していた。

中にいるのはアイン、ギーチェ、シャノンの三人だ。

アインは窓から後方を確認しているが、追っ手の気配はない。

「上手くジェラールが引きつけたようだな」

つまり、アインたちが【白樹】の拠点に向かうということだ。

「聖軍に応援を要請する」

ギーチェが言った。

「待っている余裕はないぜ」

「わかっている。ここなら本部も近い。万一の備えにはなるだろう」

そう言った後、ギーチェは【魔音通話】の魔法を使い、聖軍の本部に連絡を取った。

「ここだ」

アインは魔導馬車を停める。

目の前にあったのは墓地だった。

§12. 白樹の拠点

「おはかがいっぱい！」

数十と立てられた墓を見て、シャノンがそう声を上げた。

アインたちは辺りに注意深く視線を配りながら、その墓地を歩いていく。

「ここが拠点か？」

木で作られた墓の前で立ち止まり、ギーチェが呟く。

「どこかに入り口があるんだろう。墓の下が怪しい」

アインが言いながら、墓を観察していく。

「なぜわかる？」

「墓を掘り起こす奴は殆どいない。隠し場所にはもってこいだ」

「……確かに」

アインと同じくギーチェも墓を調べ始める。

「シャノンもやる！」

元気いっぱいに彼女は言い、目の前にあった墓に手を触れる。

そして、「えいっ！」と押した。

無論、墓はびくともしない。

しかし、気にせずシャノンは「えいっ、えいっ」と声を上げながら、次々と墓を押していく。

「……それは、なにを調べてるんだ？」

娘の様子を横目で見ていたアインが、半ば呆れたように言った。

「シャノン、おす！　はか、うごく！　かくしかいだん！」

堂々とシャノンは答える。

「地面に埋まってるんだから、押しても動かないぞ」

冷静にアインは言った。

すると、シャノンは首をかしげて、なにやら考え始めた。

数秒後、彼女は閃いたとばかりに思いっきり墓を引いた。

「よいしょー」

「引いてもだめだからな」

「うごいた‼」

そうシャノンが言った。

しかし、墓は特に動いたようには見えない。

「どこがだ？」

「ちょびっとうごいた。いちミリ！」

得意げな表情でシャノンは指を一本立てる。

「一ミリぐらいは動くだろ。そもそも――」

言いかけて、アインは口を噤んだ。

なにかが引っかかったのか、そのままじっと考え込んでいる。

「どうした？」

と、ギーチェが問うた。

「……いや、シャノンの力で埋められた墓が一ミリでも動くかと思ってな」

そう口にしながら、アインはシャノンが引いた墓のもとへ歩いていく。

「もしかしたら」

おもむろにアインは手を伸ばし、その墓をつかむ。

そして、それを思いきり引いた。

ゴガンッ、と音を立てて、墓はレバーのように斜めに倒れた。

すると、ゴゴゴゴゴと地面が鳴った。墓の隣にある地面がドアのようにゆっくりと開いていく。

「かくしかいだん！」

石造りの階段を指差し、シャノンは言った。

彼女はそのままくるりとアインの方に振り向き、思いっきり胸を張る。

「シャノンのおてがら！」

「ああ、偉いぞ」

彼女の頭を撫で、アインは階段に魔眼を向ける。

罠の類はなさそうだ。階段の奥にはうっすらと光が灯っている。

ギーチェとアインは顔を見合わせ、慎重にその階段を降りていった。

静寂の中、階段を降りる足音だけが妙に響く。

外敵の侵入に備え、音が鳴りやすいのだろう。

やがて、階段を降りきると、古びたドアがあった。

鍵がかかっているようだ。

ギーチェは静かに耳をすます。

「中で物音はしない」

ギーチェは虚真一刀流（こしんいっとうりゅう）の修行で聴力に長（た）けている。

やはり、アインたちに襲撃をかけるために、【白樹（はくじゅ）】は出払っていたのだろう。

「油断はするな」

「わかっている」

ギーチェは刀を抜き、ドアの鍵だけを切り落とした。

警戒しながらも、静かにドアを開ける。

中は薄暗い空間だった。ソファやテーブルがある。テーブルの上には飲みかけのワインがあった。少し前まで人がここにいたのだろう。

別室に続く扉は四つ。

アインたちはそれを一つずつ開けていく。三つ目まではなんの変哲もない部屋だった。三人は一番奥の扉に手をかけ、開けた。

そこは魔導工房だった。

小さいながらも、魔法を研究するための設備が一通り揃っている。

人の気配はない。アインは机の上に羊皮紙の束を見つけた。

「なんの研究だ？」

ギーチェが問う。

「…………」

アインは答えない。その表情は深刻そのものだ。

「おい……」

ギーチェが催促したところ、アインは羊皮紙を一枚、ギーチェに差し出した。

「オマエの方が専門だ」

一瞬目を丸くするも、ギーチェは羊皮紙を受け取る。悪い予感がしたのか、ギーチェもまた深刻な表情で、そこに書かれている研究内容に目を落とした。

だが、すぐに顔を上げ、アインを振り向いた。

「魔石病か？」

「……間違いないだろう」

アインの問いに、ギーチェはそう答えた。

「つまり、【白樹】は魔石病を自然発生する呪病と見せかけていたわけか……」

ギリッとギーチェは奥歯を噛んだ。

彼の父親は魔石病で命を落としている。それが【白樹】の仕業だったのなら、胸中は穏やかではないだろう。

「問題はこっちだ」

アインはもう一枚の羊皮紙をギーチェに見せた。

「呪源体のことが書いてある」

それを見るなり、ギーチェは目を大きく見開いた。

驚きとともに彼は声を発する。

「……これは………シャノン……？」

「あいっ！」

自分が呼ばれたと思い、シャノンは元気よく手を挙げて返事をした。

「ああ、いや、そうではないんだ。この羊皮紙にシャノンという名前が書いてあって……」

「シャノンとおんなじシャノン？」

不思議そうにシャノンが首をかしげた。

「それは……」

「そうだ」

濁そうとしたギーチェに対して、アインは自らの考えを正直に告げた。

「人間の女の子と書いてある。アデムの血統とも。間違いないだろう」

状況が上手く理解できないのか、シャノンはぽかんとした表情を浮かべている。

「……これによれば、シャノンが魔石病の呪源体だ」

「じゅげんたい……？　のろいのもと？」

シャノンの言葉に、アインはうなずく。

「ギーチェ。この羊皮紙を接収するのは待ってもらえるか？」

「……理由は？」

「わかってるだろ。呪源体を消滅させれば、魔石病は消える。最悪、シャノンが危険にさらされる」

ギーチェはすぐには回答できなかった。

呪源体とはいえ、人間の女の子を消滅させる決定を聖軍が下すとは思いたくない。

一方で、万が一の事態にはその手段を取る可能性があることは、否定しきれないからだ。

「この羊皮紙に書いてあることが、事実とは限らない」

「……確かに」

と、ギーチェが同意しようとしたそのときだった。

「残念だが、【白樹】に関する物は我々がすべて接収する」

突然響いた声に、驚いたようにアインたちは振り向いた。

そこにいたのは軍服とマントを纏った男。

目元に深いクマがあり、鋭い眼光を放っている。

「総督……」

ギーチェがそう呟いた。

やってきたのは聖軍総督、アルバート・リオルだった。

ギーチェの報告により、ここまで駆けつけてきたのだろう。

「アイン・シュベルト。娘と一緒に同行してもらえるか？」

アインは一瞬考え、

「……一つ予定がある。明日でもいいか？」

「断れば実力行使もやむを得ない」

アルバートはその手を長剣の柄に添えた。

まだ抜いてすらいないにもかかわらず、アインはまるで切っ先を喉元に突きつけられたかのように錯覚した。

彼は小さく息を吐く。

「……わかった」

この場はそう答え、アインは大人しくアルバートに従った。

§13. あの場所へ

聖軍本部へ連行された後、呪源体と見なされたシャノンには数十種類の解呪魔法がかけられた。

魔石病の解呪方法はわかっていないが、どんな呪病であれ、既存の解呪魔法には多少なりとも効果はある。

運が良ければ、解呪魔法の効果と呪病の性質が適合し、完全に解呪することができる。そうなれば、魔石病の治療に呪源体を消滅させる必要はなくなる。

聖軍も積極的にシャノンを犠牲にしたいわけではない。なんの問題もなく、解呪できるならばそれが一番だろう。

アインは聖軍本部の客室に通され、その結果を待っていた。

やがて、ドアが開く。

「ぱぱっ！」

嬉しそうにシャノンが飛び込んできて、アインにぎゅっと抱きついた。

彼は娘の頭を撫で、その様子を観察しながら言った。

「大丈夫だったか？」

シャノンは両手を腰に当て、大きく胸を張る。

「げんき！」

それを聞き、ほっとしたようにアインは笑みをこぼした。

「解呪魔法には一切効果がなかった」

その声を聞き、アインが振り向く。

ドアの前に立っていたのは聖軍総督アルバート・リオルだ。シャノンを連れてきたのも彼である。

「一切……？」

疑問を覚えたようにアインは問う。

「そうだ」

アルバートははっきりと肯定した。

アインは黙り込み、じっと考えた。ある疑念が頭に張り付いて離れなかった。

「どうした？」

アインの様子を見て、アルバートが訊く。

「やはり、シャノンは呪源体じゃない可能性がある」

一瞬意外そうな表情を見せた後、アルバートは言った。

「君が見つけたアリゴテの研究記録は信憑性が高い。分析の結果、確かにシャノンは魔石病と魔法的なつながりがある」

「呪源体なら、解呪魔法の効果が出ないのは異常だ」

「希にだが起こりうる。魔石病は【白樹】が開発した新しい禁呪だ」

アインの言葉に、アルバートはまっすぐ反論する。

「意識のある呪源体というのも、シャノンが初だ」

「それだ。おかしいと思わないか？」

アインがそう問いかける。

「通常なら、呪源体は人の形をたもっておらず、呪いの亡霊と化す。こんなことは呪病の仕組みとしてあり得ない」

「だから、呪源体ではないと？」

「アリゴテの研究は呪源体を作り出すものだった」

アインは言う。

「だが、呪源体を作り出すだけなら魔石病を広める意味はない。奴が本当はなんの研究をしているのか。もう一度よく考えるべきだ」

「違法魔導組織の目的は魔法省の権威を失墜させることだ。魔法省の手に負えない呪病を広める動機は十分にある」

「権威の失墜？」

訝（いぶか）しむようにアインが言う。

「あの手の輩（やから）が考えることは同じだ。自らを認めなかった魔法省への復讐（ふくしゅう）だろう」

「そうは思えない」

アルバートの言葉を、アインは間髪を容（い）れずに否定した。

「アリゴテとは何度か話したが、あいつは魔導師だったぜ。禁呪に手を出したのは、真理を研究するのに効率が良かっただけだ。権威に興味があるような人間じゃない」

「では、なにが目的だと？」

「わからない」

だが、狙いは別にある。アインはそう直感していた。

「わからないでは話にならない。アイン・シュベルト。君は歯車大系の開発者だ。その叡智（えいち）には一定の評価を下すが、娘のことで正しい判断力を失っている可能性もある」

シャノンを助けたいがために、デタラメを口にしている。聖軍の立場ならば、そう判断するのもやむを得ない。

「ジェラールと合流できれば、もっと詳しいことがわかるはずだ」

そのときだった。

バタンッとドアが開き、聖軍の隊員が勢いよく入ってきた。

「報告いたします！　【蟻蜘蛛】のジェラール殿を救出いたしました！　魔石病に冒され、重体であります！」

アインは血相を変え、弾き出されるように床を蹴った。

向かった先は聖軍の医務室。そのベッドに体の八割が魔石と化している男が横たわっていた。

「ジェラールッ！」

アインがベッドに駆け寄り、彼の体に触れた。

まるで死んだように冷たい。

ギリッと彼は奥歯を噛みしめた。

すると、ジェラールがゆっくりとまぶたを開いた。

「すまないねぇ。やられてしまったよ」

「喋るな。魔石病の進行が早まる」

そう言うと、ジェラールは少し困ったような笑みを浮かべた。

「残念だが、それ以前に致命傷でねぇ。手遅れだよ」

ジェラールの体がますます魔石に侵食された。

先程までは八割だった魔石化部分が、みるみる増えていき、今はもう九割になった。

唯一無事だった顔もどんどん魔石に変わっていく。

今更、どんな処置をとったところで進行を食い止めることは不可能だ。

それはアインにもよくわかった。

「アイン君」

真面目な顔でジェラールは口を開く。

「あの場所へ行くといい」

ぱっと光が弾けた。

アインの目の前には完全に魔石化したジェラールの姿があった。

「……ジェラール………」

その体から、割れ落ちた破片をアインは拾い、ぐっと握りしめる。

魔石が手の平に食い込み、赤い血がポタポタと床に滴っていた。

§14. 娘を守る方法

二週間後——
聖軍本部。客室。

アインは一人、監禁されていた。

拘束こそされていないものの、部屋は魔法で監視され、外には常に見張りが複数人立っている。

外と連絡を取ることは不可能。シャノンと会うこともできない。

彼女がどうなっているのか定かではないが、アインが監禁されているということはまだ無事なのだろう。

《せめてもう少し状況がわかればな……》

そんな風にアインが考えていると、ドアの向こう側から足音が聞こえた。

ガチャ、とノブが回され、聖軍の隊員が入ってくる。

「面会だ」

アインは僅かに眉をひそめる。

この状況で聖軍が面会を許可する人間などそういるはずもない。

一体誰が、と疑問に思うアインの前に姿を現したのは、総魔大臣ゴルベルドであった。

「君は外してくれるかい？」

ゴルベルドが隊員に言う。

「いえ、総督からは……」

「私を敵に回したいのなら好きにすればいい」

すげなくゴルベルドが言い、そのままアインの方へ歩いていく。

隊員は顔から汗を滲ませながら、その場に立ち尽くしていたが、ゴルベルドが立ち止まるとこう言った。

「……一〇分だけですよ」

彼は客室から出て行き、ドアを閉めた。

「アルバートは呪源体の消滅解呪を決定したよ」

単刀直入にゴルベルドは言った。

つまり、シャノンを殺すということだ。

アインは驚くことはなかった。

ゴルベルドがここにやってきたということは、それだけの事態である証左だからだ。

「決定の理由は？」

アインは問う。

「世界中で魔石病の被害者が増えている。各国の要人、貴族や王族が複数人魔石病にかかったそうだ。ガルヴェーザの仕業だろう」

「……腑に落ちん。そんな真似をしてどうする？」

「残念だが、私にもわからない」

ゴルベルドは淡々と答えた。

「聖軍はリリア一人を犠牲にして、権力者と大勢の民が救われるのならば、それが正しいと判断したようだ」

アインは黙ったままだ。

シャノンを救う手段がないか、考え込んでいるのだ。

「なにか名案が？」

「……オマエにはあるのか？」

すると、ゴルベルドは一枚の羊皮紙を差し出した。

「そのために来た」

その羊皮紙はシャノンの親権をゴルベルドに譲渡するためのものだ。

すでにゴルベルドのサインが記入済みだ。アインがサインをすれば、親権の譲渡は成立する。

「総魔大臣の娘ならば、聖軍もそう簡単には消滅解呪に踏み切れない」

「親権を譲渡しなくても娘は娘だろ」

「残念ながら、アルバート総督は書類主義でね。言葉だけを信じるような方ではない」

「日頃の行いじゃないのか？」

「否定はしないよ」

悪びれることなく、ゴルベルドが言う。

今、そんな話をしても仕方がないというのはアインもよくわかっているからだ。

「今現在、世界中の人間すべてに魔石病のリスクが存在する」

ダメ押しとばかりにゴルベルドは続けた。

「これに君がサインをしないなら、娘は世界中を敵に回すことになるだろう」

それは事実だ。

魔石病が拡大すればするほど、消滅解呪をしろという声が大きくなるだろう。

自分や自分の大切な人を守るためならば、見知らぬ誰かを犠牲にしてもよい。

そう考えてしまったところで誰にも責めることなどできやしない。

「アイン・シュベルト。君では娘を守ることができない」

そう言って、ゴルベルドは羽根ペンを差し出した。

アインはそこに視線を落とす。

数秒か、数十秒、彼はじっと考えた後に再びゴルベルドと目を合わせた。

「サインはしない」

驚きと、ほんの僅か苛立ちを滲ませ、ゴルベルドはアインを睨む。

「嫌でも君は間違いに気がつく。魔導師だからね」

ゴルベルドはそう言い残し、客室から出て行った。

§　§　§

その夜――

客室のドアが開き、ひょっこりとシャノンが顔を出した。

アインを見つけると彼女は嬉しそうに声を上げようとしたが、思い出したように自らの口を両手で塞ぐ。

大きな物音を立てないように言われているのだろう。

そろそろと忍び足でシャノンがこちらへ歩いてくる。

続いてギーチェが入ってきて、ドアを閉めた。

「見張りは？」

アインが小声で問う。

「今日はサボり癖のある隊員たちだ。酒を差し入れしたからよく寝ている」

そうギーチェが答えた。

だから、今日になるまでシャノンを連れてこられなかったのだろう。

「ぱぱ。シャノンたち、いつかえれる？」

シャノンが言った。

「がっこうたくさんおやすみしたから、べんきょーしたい」

「そうだな……」

アインは一瞬考え、そしてギーチェの方を向いた。

「ギーチェ。頼みがある」

嫌な予感がするといった表情で、ギーチェはアインを見返した。

「ここから脱走させてくれ」

ある程度のことは予想していただろうギーチェが絶句する。

「……逃げれば、完全にお尋ね者だぞ」

「魔石病の治療法さえ見つければ問題ない」

しばらく投獄されるだろうが、現状よりはマシである。少なくとも、シャノンを救うことはできる。

「治療法のアテは？」

「これから考える」

困ったようにギーチェは黙り込む。

「このまま、ここにいてもシャノンが殺されるだけだ」

真剣な面持ちでアインは訴える。

そのことはギーチェもよく理解していた。

「私は一緒に行けない」

「わかっている」

静かに息を吐き、ギーチェは踵を返す。

背中越しに彼は言った。

「鍵を開けておく。逃げるなら、四時間後だ。その時間が一番手薄だ」

§15. 手配書

「だっしゅつせいこー！」

シャノンが両の拳を天に突き上げ、全身で自由をアピールしている。

ギーチェの協力を得て、夜間の警備が薄い時間にどうにか聖軍の基地を脱出したのである。

「まだしばらくは静かにしていろ。万が一、気がつかれたらすぐに追っ手がかかる」

「あい」

言われた通り、小さな声でシャノンは返事をした。

「行くぞ。しばらく歩くが、大丈夫か？」

「シャノンのあしは、おうごんのあし！」

　飛び跳ねるようにして、シャノンはステップを刻んだ。

「よし」

　魔法で移動すれば、魔力を感知される恐れがある。基地から十分に離れるまで、アインは徒歩で移動することにした。

「ぱぱ。だでぃはどうしてこれなかたかな？」

「あいつがいなくなれば、オレたちを逃がしたって言ってるようなものだからな」

　いなくならなくても疑わしいことには変わりない。

　とはいえ、どのみち捕まるのなら、ギーチェもアインたちと一緒に逃げたはずだ。

　恐らく五分五分といったところだろう。

　見張りの連中がうっかり鍵をかけ忘れたと判断されることも十分に考えられる。なにせ、仕事中に酒盛りをする隊員たちだ。

「それに、あいつにもやることがある。聖軍にいた方が都合がいいはずだ」

「やること？」

　シャノンは不思議そうに首を捻り、ついでに体全体を捻っている。

「とりあえず帰るぞ。話はそれからだ」

「かえったら、がくいんいけるかなっ？」

顔全体を期待の色に染め上げ、シャノンは前のめりになって両拳を握った。

「魔石病の治療法を見つけたらな」

「やった!!」

嬉しそうにジャンプしたシャノンを見て、アインは若干不安になった。

「ちゃんと聞いてたか？　学院に通うのは、魔石病の治療法を見つけた後だぞ」

「だって、ぱぱがけんきゅーするんでしょ」

「まあ、そうだ」

「じゃ、すぐおわる！」

父親を信じきった顔で、当たり前のようにシャノンは言う。

それまで深刻な表情をしていたアインも、思わず笑みをこぼした。

「まあな」

二人はそのまま、アンデルデズンを目指して歩いていった。

§　§　§

聖軍基地から十分に離れた後、アインは【飛空】の魔法を使い、アンデルデズンまで飛び続けた。

湖の古城に降り立つと、大きくばんざいをする。

「とうちゃくー」

アインが古城の扉を開けながら、彼女に言う。

「すぐに魔石病の研究に取りかかる。必要なものを買ってくるから、誰が来ても開けるなよ」

「おるすばんのたつじん」

シャノンが両手を前に突き出した謎のポーズを決めている。

誰も入れない、ということを表現しているのだろう。

「行ってくる」

アインは古城を後にした。

向かった先は魔導商店街である。まずは魔石病の研究をするための材料を揃えるのだ。

最初に入ったのは魔石屋である。魔石やミスリルはアインが所有している鉱山から採掘することができるが、今は時間が惜しい。すぐに研究に入れるように購入することにした。

アインが質の良い魔石を物色していると、一羽のイヌワシが窓から飛び込んできた。

『通達、通達。魔法省からの手配書です』

魔石を手に取りながら、アインは横目でイヌワシの方を見る。

店主に渡されている手配書には、アインとシャノンの顔が載せられていた。

一瞬目を丸くするも、アインは努めて冷静に魔石を棚に戻し、店主に顔を見られないようにしながら、店を出た。

《思った以上に動きが早い……魔石病はそこまで広まっているのか》

シャノンがゴルベルドの娘ということもある。予想では、聖軍もすぐには彼女のことを公にしないと睨んでいた。

聖軍が来るまでに研究材料を揃え、拠点を別の場所に移そうと考えていたのだ。

だが、手配書が配られてしまっては身動きがとれない。恐らくはアンデルデズンだけではなく、他の街にも手が回っているだろう。

《どうする……？》

アインが次の手を考えようとしたちょうどそのとき、遠くから声が響いた。

「おいっ、いたぞっ！　あいつだ‼」

アインを指さしたのは聖軍の隊員ではなく、アンデルデズンに住む一般の魔導師だ。

「アイン・シュベルトッ！　呪源体をどこへやった⁉」

合計四人。魔導師たちはアインに向かって走ってくる。

「ちっ」

アインは【立体陰影】の魔法で立体的な影を無数に作り、自らの姿を隠す。

「逃がすなっ‼」

「魔眼を働かせろっ！　飛んで逃げるなら魔力は見える‼」

魔導師たちは魔眼を最大限働かせ、辺りを強く警戒している。

追われているならば速く逃げたくなるのが心情だ。【飛空(レフ)】の魔法は確かに速いが、魔力を使う以上、完全に魔眼から逃れることはできない。

ゆえにアインはゆっくりと歩いた。

焦(あせ)らず、不自然さを隠し、【立体陰影(イドウラ)】から出て、人混みに紛れる。

そうして、追っ手が自分を見失ったところで、【飛空(レフ)】を使った。

一直線に湖の古城までやってきて、アインは扉を開く。

「シャノンッ、無事かっ⁉」

呼ぶと同時、アインの帰宅を心待ちにしていたシャノンが、彼のもとへ駆けてきた。

「ぶ・じっ‼」

シャノンは手で大きく丸を作り、無事をアピールしている。

「お尋ね者になった。すぐに街を出るぞ」

「おたずねもの？」

わからないといった風に、シャノンが繰り返す。

「街の奴(やつ)らがオレとオマエを捕まえに来るってことだ」

すると衝撃を受けたようにシャノンは口を大きく開けた。

「いちだいじ‼」

「聖軍の追っ手もかかる。街に検問も作られるだろう。今のうちにここを出る」

「どこにいくかな？」

「それは……」

行くアテは思いつかない。

どこへ行ったところで状況はあまり変わらないだろう。

「後で考える。行くぞ」

シャノンの手を取り、アインは湖の古城から飛びだしていった——

§16. 追手

聖軍本部。第七魔導工房。

「ギーチェ君。久しぶりだね」

ギーチェのもとにやってきたのは髭(ひげ)を生やした老紳士だ。

六智聖の一人、【医剛(いごう)】ジェームズ・アロンである。

「ジェームズさん……」

「私にも白羽の矢が立ってね。魔石病の治療法を見つけて来いとのお達しだ」

魔石病は世界中に広がっている。現時点における最高の叡智を結集して、その治療法を模索するのは当然のことだ。

「とはいえ、望みは薄い。呪病の治療法は、少なくとも数年の歳月を要するものだ」

言いながらも、ジェームズは工房で研究の準備を始めている。

ミスリルや魔石、そして器工魔法陣の設置など、ギーチェはそれを手伝った。

「今のペースでいけば、およそ三年で世界中の人間が魔石化します」

ギーチェが言う。

魔石病の罹患するペースはどんどん上がっている。もしかすると、三年ももたないかもしれない。

「呪源体を消滅解呪する方がよっぽど早いと思うが、まさか逃げられてしまうとはね。聖軍もとんだ失態だ」

「…………」

ギーチェはなにも言えず、ただ俯いた。

「逃走したアイン・シュベルトは、君の友人だそうだね」

「はい……」

短くギーチェが答えると、ジェームズは笑った。

「その顔はやめた方がいい。君が逃がしたと言わんばかりだ」

ギーチェは絶句する。

なにを言っても、ジェームズにはすべて見抜かれているような気がした。

「……私は………」

「なにも言わなくていい。この仕事を引き受ける際に、君を助手に指定した。少なくとも、魔石病の一件が解決するまでは追及されることはないだろう」

アインが逃げたのは、協力者がいたからだと考えるのが自然だ。

その場合、友人のギーチェがもっとも怪しい。

彼に嫌疑がかかるのを見越して、ジェームズは先手を打ったのだ。

ギーチェの父ギリアムは、ジェームズの弟子だ。それゆえに、見過ごせなかったのだろう。

「私も呪源体の存在には半信半疑でね。ギリアムが亡くなってから、多少は調べたが、あれはそういう単純な呪病ではなかった」

「……聖軍は、それについては？」

「藁にもすがりたい気分なのだろうね。消滅解呪してみるのが一番だという結論は変わらなかった」

シャノン一人を犠牲にするぐらいは構わない。それほどまでに、魔石病の拡大は深刻なのだ。

「我々が治療法を見つけるしかない。ギーチェ君、君はギリアムが認めた優秀な魔導師だ。君ほど魔石病に向き合ってきた人間は他にいない」

ギーチェの肩に手をおき、ジェームズは言った。

「期待しているよ」

「はい」

もとよりギーチェは一人でもやるつもりだった。

アインも魔石病の治療法を見つけるつもりでいるが、追手がかかっている中、それがどこまでできるかはわからない。

ギーチェがここで治療法を見つけられれば、手配書を撤回することにもつながるだろう。

彼はジェームズとともに治療法の研究に着手した。

§　§　§

王都アンデルデズンから南西。

【飛空（レフ）】の魔法で、アインとシャノンは森を低空飛行していた。

アインはしきりに後方を警戒している。追われているのだ。

「ぱぱっ！　あそこにへんなのいる！」

シャノンが指さした方向を、素早くアインが振り向いた。

そこにいたのは動く鎧人形だ。背丈が三メートルほどもある全身鎧で、右腕に大砲のようなものをつけている。

魔導兵器レグンドスだ。

魔法省で開発された暴徒鎮圧用の代物である。

レグンドスから声が響いた。

『アイン・シュベルト。すみやかに魔石病の呪源体を引き渡せ。さもなくば、命の保証はしない』

大砲の砲口がシャノンに向けられている。魔法陣が描かれ、そこに夥しい魔力が集った。

「レグンドスが扱えるなら、まともな立場の魔導師だろ。こんな小さな娘を狙う大義名分が、本当にあると思ってるのか？」

アインの言葉に、すぐさま相手も答えた。

『世界中で魔石病が蔓延している。私の娘も、もってあと三日だ』

大砲の魔力が更に膨れ上がった。

「シャノンが呪源体の証拠はない」

『そう言っているのは、貴公だけだ。アイン・シュベルト』

「魔導師なら、他人の言葉ではなく、自分の頭で考えろ」

『残念だが、その時間はない』

これ以上の問答は無用とばかりに、魔導兵器レグンドスの大砲から【灼熱魔炎砲（ボルミオン）】が発射された。

それはまっすぐシャノンを狙っている。

「【砲閃連鎖歯車魔導伝送（ロー・アヴロハイアス）】」

魔力の光が弾（はじ）け、鋸刃の連鎖歯車が無数に出現する。それはシャノンの盾となり、向かってきた【灼熱魔炎砲（ボルミオン）】の軌道を変えた。

「【伝送魔弾（ヴァーチエ）】」

ドドドドドドドドド、と連鎖歯車の中心から魔力の砲弾が連射される。

それは魔導兵器レグンドスに降り注ぎ、その魔法障壁を削っていく。

レグンドスの魔法障壁もかなりの防御性能を誇っているが、降り注ぐ砲弾の数が多すぎる。

物量に押しつぶされるように魔法障壁は砕け散り、レグンドスの四肢が吹き飛んだ。

「心配しなくとも、魔石病の治療法は見つけてやる。娘のそばにいてやるんだな」

ダメ押しとばかりにアインは【伝送魔弾（ヴァーチエ）】を放ち、器工魔法陣のある頭部を破壊した。

すぐさま【飛空（レフ）】の魔法で飛び抜け、森の奥深くまで離脱していく。

数十分間飛び続け、アインは追手の魔力が見えなくなったのを確認すると、地上に足をついた。

ふう、と彼は息を吐く。

全身から大量の汗が流れ、呼吸が荒い。もう数時間も逃走を続けてきているのだ。その間、襲ってきたのは先程の魔導師を含めて、七名である。

どれも実力者揃いであり、さすがのアインも限界が近い。

「ぱぱ、つかれた？　シャノンがかわりにたたかうっ⁉」

シャノンが【第十一位階歯車魔導連結】のポーズをとり、アインに意気込みを見せる。

「少し休めば大丈夫だ」

僅かに微笑み、アインは娘の頭を撫でる。

彼女は嬉しそうに笑った。

アインは木の根にもたれかかり、一息つく。

そのとき、懐から、小さな石がこぼれ落ちた。

魔石化したジェラールの破片だ。

「きれいないし！」

そうシャノンが声を上げる。

それは光っていたのだ。

アインは疑問を覚えたようにそこに魔眼を向ける。

そしてはたと気がついた。

《もしかして……いや、だが……》

アインは魔石病についての一つの仮説を閃いた。

だが、その検証を行うにも魔導工房が必要だ。彼の古城はもうとっくに聖軍が押さえているだろう。

誰かに魔導工房を借りようにも、それなりの規模の街に行かなければ難しい。

手配書が回っている以上、捕まりにいくようなものだ。

《……時間の問題……か……》

アインは天を仰いだ。

魔石病は世界中に蔓延していて、今もなお拡大中だ。

それは魔石病の呪源体と見なされたシャノンの消滅解呪を試みる魔導師がどこにでもいるということだった。

世界中を敵に回したこの状況では、どんな優秀な魔導師でもいつかは捕まる。

体力もマナも、いずれは限界を迎えるだろう。

当初の目論見では、その前に魔石病の治療法を見つけるはずだった。

だが、想定以上に聖軍の動きが早かったのだ。

《なら、まだ力が残っている内に……》

アインは決意し、すっと立ち上がった。

「もうげんきなた？」

シャノンがそう聞いてくる。

「ああ。今から隠れ家に行く」

「かくれが!!」

なにが気に入ったのか、シャノンはキラキラと瞳を輝かせる。

「ぱぱのかくれがか？　すごいっ⁉　つおいっ⁉」

矢継ぎ早に、シャノンが質問する。

「ジェラールの隠れ家だ。けっこう面白いぞ」

「おもしろいかくれが!!」

ますますシャノンは爛々と瞳を輝かせた。

《正直、あそこに行くのは賭けだが……》

最期にジェラールは、『あの場所へ行くといい』と言い残した。

確証はないが、心当たりはその隠れ家だけだ。ジェラールが所長時代、仕事をサボるのに使っていた。行方を暗ませた彼を、アインは何度か隠れ家まで迎えに行ったことがある。

アインの認識では、あの場所を知っている人間は殆どいない。

しかし、ジェラールの言葉は聖軍にも伝わっているだろう。だとすれば、アインがそこに現れるかもしれないと考え、人員を配置している可能性がある。

無論、隠れ家を探し当てていないといったことも考えられる。

アインとしては、その可能性に賭けるしかなかった。

「行くぞ」

【飛空(レフ)】の魔法で浮かび上がると、追手に見つからないように、低空飛行で森を出る。

そのまま、二人はジェラールの隠れ家へと向かった。

§17. 隠れ家

王都アンデルデズンの外れ。鬱蒼(うっそう)と生い茂った草は、まるで木のように高く高く伸びている。

見渡す限り広大なその草原をアインとシャノンが歩いていた。

「くさがたくさんでみえない！」

シャノンがうんと背伸びをしているが、草の背丈は彼女よりも高い。

「人がいても目につきにくい。隠れ家にはもってこいだろ」

アインはそう言いながら、先を急ぐ。

シャノンは彼の後ろをとてとてと追いかけた。

「かくれが、どこにあるかな？」

「もうすぐそこだ」

目の前の草をかき分けて、アインは道なき道を進んでいく。普通なら決して人が通ろうとしない場所である。

迷いなくアインは前進し、最後の草をかき分ける。

「この草むらを抜ければ、隠れ家が……」

目の前の光景を見て、アインは思わず押し黙った。

草むらの先には開けた場所があった。そこが焼け跡になっていたのだ。

「まっくろ」

シャノンが焼けた木材を指先でつんとつつく。

「【白樹(はくじゅ)】の連中だろうな。自分たちにつながる証拠を燃やしに来たんだろう」

言いながら、アインは周囲を見回す。

隠れ家は全焼しており、中にあった物の殆(ほとん)どが炭化している。魔導工房も、そこに置かれていた羊皮紙、魔導書、魔石やミスリルまでなにもかもが燃えてしまっていた。

炭化した隠れ家の残骸を手にしてみれば、まだ仄(ほの)かに熱を持っていた。

燃えてからまだそこまで時間は経(た)っていないということだ。

「もう少し早ければ、間に合ったんだがな」

魔石病を治療する手がかりがこれで完全になくなってしまった。

アインは隠れ家の残骸を見つめながら、次の一手を考える。

「……ぱぱ、かくれがなおせない？」

シャノンが気落ちした表情でそう言った。

「隠れ家だけなら直せるが、必要なのはジェラールが残した手がかりの方だからな」

「てがかり？」

不思議そうにシャノンが小首をかしげる。

「魔石病を治す手がかりだ。それが見つかれば、俺たちが追われる心配はなくなる」

「みつからないと、ずっとおわれるか？」

シャノンの率直な疑問に、アインは一瞬返事に窮する。

「……簡単に言えば、そうだ」

気休めを言っても仕方がないと思い直し、いつものように彼は事実を伝えた。

すると、シャノンは俯き加減になり、きゅっと唇を引き結んだ。

そうして、ぽつりと呟いたのだ。

「がくいん、いついけるかな……？」

その言葉がアインの胸に突き刺さり、彼はまるで鉛を飲んだような気分になった。

「そうだな。行きたいよな」

シャノンはこくりとうなずいて、

「あのね、アナシーとリコルとあそびたい！　たくさん、あそぶってやくそくしたからっ！　あとべんきょーもたくさんして、すごいまどうしになる！」

それは子どもにとってありふれた……ささやかと言っていいほどの願いだ。

だが、今のアインには叶えてやることができない。

そんな当たり前のことさえも、娘にやらせてやることができない。

『君では娘を守ることができない』

ゴルベルドの言葉が頭の中に蘇り、アインはぐっと奥歯を噛みしめた。

だが、次の瞬間、彼の思考はまったく違うことに支配された。

「シャノン」

彼は娘を抱き寄せ、身を低くする。

そうして、魔眼に全神経を集中した。

「東の方角から追手だ。一〇人はいる」

そう簡潔にシャノンに告げる。

「じゃ、あっちににげるかっ!?」

シャノンは父親が見ている方向とは逆方向を向き、自らの両足をぐっと踏ん張る。

「いや……」

アインが背後に視線を向け、魔眼を光らせる。

「西からも一〇人。違うな、これは……」

アインは魔法でこの草原の地図を作り出し、感知した追手の位置を光る点で映し出していく。

隠れ家の周囲を光る点がぐるりと囲んでいる。その数、凡(おおよ)そ五〇人である。

「囲まれている。この距離まで気がつかせないのは、相当な手練(てだ)れだな」

「てだれ？」

「かなり強い魔導師ということだ」

「ぱぱでもかてない？」

心配そうにシャノンが聞く。

勝てる、と言い切るにはアインが圧倒的に不利な状況だ。なにせ、シャノンを守りながら戦わなければならない。その上、アインは追手の魔導師を殺したいわけではないのだ。

彼らはシャノンを消滅解呪すれば、家族や友人、恋人の魔石病が治ると信じ込んでいるだけだ。

だが、この人数が相手ではなりふり構わず戦わなければ、一方的にやられるのみだ。

「……できるなら逃げるのが一番だが……」

周囲は完全に囲まれており、その包囲網は徐々に迫ってきている。

統率のとれた動きからして、有能な指揮官がいるはずだとアインは当たりをつける。聖軍か、魔法省の可能性が高い。

「どうあがいても、抜け道はないだろう」

戦いは避けられない。

だが、五〇人の魔導師を相手にしてはさすがのアインも無事ではすまない。

「……シャノンが……わるいかな……」

ぽつりと彼女が呟いた。

「……あくまのこえがきこえるから……」

アインが振り向き、口を開こうとするその前に、シャノンは言ったのだ。

「シャノン、せいぐんでしょーめつかいじゅしてもらう！」

それを聞き、アインが大きく目を見開く。

「馬鹿を言え。そんなことをしたら……」

「だいじょうぶ！　いたくてもシャノン、がまんする！　ちゅーしゃもだいじょうぶ！」

精一杯の笑顔を作り、彼女は言うのだ。

「そうしたら、ぱぱはみんなに、おいかけられなくてすむでしょ。シャノン、つおいから、がまんできる！」

シャノンは消滅解呪を正確には理解していない。だが、彼女なりに辛いことだというのはわかっているはずだ。

それでもなお、逃げ続けるこの状況で父親のことを心配して、そう口にしたのだ。

「……シャノンがいるから、みんな、ぱぱにひどいことしようとする……」

「シャノン」

アインは我が子の背中に手を回して、強く、強く抱きしめた。

「心配するな。世界中を敵に回してもオマエを守る」

丸い瞳に涙が滲む。

泣きそうになるのを堪えながら、彼女は言う。

「……ぱぱは、シャノンがじゃまじゃない……？」

「オマエは俺の娘だ。なにがあろうと、どんなときでも、それが変わることはない」

小さな手がアインの服をぎゅっとつかむ。

彼女は父親の胸に顔を埋め、ぽたぽたと大粒の涙をこぼした。

ふと、その涙が地面に吸い込まれていったのをアインは見た。

「これは……」

手を伸ばせば、アインの手が地面をすり抜ける。

涙に反応する隠し扉だ。

「シャノン、そのままつかまっていろ」

アインは娘を抱えて、そのまま地面の下に沈み込んでいった。

数百メートルほど落下し、たどり着いたのは薄暗い一室だ。

小さな机が一つ置かれており、一枚の羊皮紙があった。

アインはそこに視線を落とす。

「人形大系、【第十三位階世界人形(オル・デロム・バッセラム)】……世界を操る魔法。それがアリゴテの目的だ……」

ジェラールの遺(のこ)したメッセージなのは間違いない。

羊皮紙には【第十三位階世界人形(オル・デロム・バッセラム)】の術式が記されている。

【白樹(はくじゅ)】に潜入していたときに調べたのだろう。無論、まだ研究中のものだ。それだけですべてがわかるわけではない。

《人形大系……か。歯車大系を含めた現在の十三大系のいずれにも当てはまらない……》

それがなにを示しているのか。

アインは数分間、そこで思考に没頭する。

やがて、結論が出たか、彼は娘に言った。

「ゴルベルドに会いに行こう」

§18．窮地

ギーチェ学生時代。

アンデルデズン魔導学院・魔導学部校舎中庭。

絵を描くようにイーゼルに羊皮紙を広げ、ギーチェは羽根ペンを動かしていた。

大きな魔法陣があり、その中に魔法文字を描いていく。

イステイブルの魔導試問。

図のような炎熱大系基幹魔法陣の中に最大何文字の魔法文字を入れられるか？

十二賢聖偉人イステイブルが残した今世紀最大の難問である。

イステイブルが入れたとされる魔法文字一〇一六文字。

しかし、その解法は遺(のこ)されておらず、現代に至るまで解いた魔導師は存在しない。

ふと羽根ペンを止め、ギーチェはじっと考える。

やがて、また動き出し、魔法陣の中に文字を描いた。

「なんで【熾火(おきび)】を入れた？」

声をかけられ、ギーチェは振り向く。

そこにいたのは同級生のアイン・シュベルトだった。

「【灰塵(かいじん)】しか入らないはずだ」

「その方が壮麗だろう」

「壮麗？」

アインが首をひねり、そしてつらつらと説明し始めた。

「【熾火(おきび)】を入れるには燃料文字が必要だ。だが、魔法陣内の燃料文字はすでに他の魔法文字によって燃やされている。どう計算しても、一画も残らない」

「……気にするな。ただの直感だ」

ギーチェはそんな風に答えた。

《理解は得られないだろう》

そう彼は考えながら、羽根ペンを動かす。

術式のパズルを解く作業が好きだった。

子どものときからずっとそうだ。

理屈や正しさなどに囚(とら)われることなく、ただ壮麗さを追い求めることに没頭した。

《美しく術式が解かれるとき、私の前には魔法があった。

この過程を理解した者はいない。

話せば、必ず理屈がおかしいと言われた。

それでも、いつも必ず解答に辿り着く。

これは、私だけに与えられた世界だ——と》

「わかったぞ」

彼はイーゼルに広げた羊皮紙に羽根ペンを走らせ始める。

「燃料文字を温存するんじゃなくて一気に燃やす。つまり、【火炎】を連鎖させて爆発を起こす。そうすれば、逆に火が消えて、【樹木】が一画残る。これで【熾火】が入る。そうすれば——」

書きあがった術式を見て、ギーチェは目を丸くする。

イステイブルの魔導試問。今世紀最大の難問と呼ばれたそれが、解かれていたのだ。

壮麗さを追い求める術式のパズル。

自分だけに与えられたと思っていた世界は、単純に術式の構造を言語化できない不完全さゆえのもの。

つまりは、そう——

《あいつは本物の天才で、私は違うという証明だった》

§　§　§

「ギーチェ君、大丈夫かね？」

体を軽く揺さぶられ、ギーチェは目を覚ました。

聖軍本部の第七魔導工房だ。その机にギーチェは突っ伏したまま、どうやら眠っていたらしい。

「少し仮眠を取ったらどうかね？」

ギーチェはむくりと体を起こした。

「……夢を見ました。学生時代の夢です……」

「ほう」

「あいつが、アインが歯車大系を開発する前から、私にとっては天才だった」

羊皮紙の上で羽根ペンを動かしながらも、ジェームズはギーチェの言葉に耳を傾けている。

「アイン・シュベルトか。彼がなにか手がかりをつかんでくれれば、こっちも助かるがね」

「期待はできません。ですから、今できる限りのことをやらなければ……」

そう言いながら、ギーチェもまた羊皮紙に羽根ペンを走らせる。

「一番の問題は、魔石病の特異性だ。魔石病は絶えず変化し続ける。完全に魔石化した人間も常に変化を続け、その性質を変えている。これでは研究のしようがない」

魔石化した人間に魔眼を向けながら、ジェームズは言った。

「父の時も同じでした。結局、父が亡くなり、しばらく経っても変化は終わりませんでした」

「魔石化が安定すれば、少しは見えてくるものがあるのだがな」

「……探してみましょうか？」

「なに？」

「今、かつてないほど多くの人々が魔石病になっています。それを聖軍本部に集めれば、一人ぐらいは魔石病の本当の末期、つまり魔石化が安定している人間が見つかるかもしれません」

ギーチェの申し出にしばしジェームズは黙考し、

「見つからなければもう時間もないが……確かにこのまま机の前で頭を悩ませているよりはいいかもしれない。それに賭けよう」

「総督に許可をとります」

すぐさまギーチェは魔導工房を飛び出した。

§　§　§

ジェラールの隠れ家。

アインはそこに座り込み、体を休めながらも隠れ家の入り口をずっと警戒している。

シャノンはアインの膝を枕に、すやすやと眠っていた。

追手はアインたちがこの草原に来たことまでは把握しているはずだ。

徐々に包囲網を狭め、恐らくはこの隠れ家の真上までやってくる。

だが、そこから先、この地下に入るには涙を入り口にこぼさなければならない。

そうしなければ、どれだけ魔眼を使っても見つけられることはない。

アインは魔法も魔眼も使わず、その場にじっとしている。

隠れ家の隠蔽が完璧でも、魔力を使えば見つかってしまう恐れがあるからだ。

狭いこの地下で、万が一、発見されれば文字通り袋のねずみだろう。

だが、それを差し引いてもここでじっとしていることが、無事に逃げ延びられる確率が最も高いとアインは睨んだ。

一分、一秒が気が遠くなるほど長く感じられ、隠れ家の外に魔導師たちが続々と集まってくる光景が頭をよぎる。

それでも、自らの考えを信じ、アインはじっと待った。

そして、一〇時間が経過した。

アインは意を決して、入り口の扉を開け、外を見た。

誰もいない。

外に出て、魔眼を使ったが、辺りに魔力は感知できない。

アインがすでに包囲網を突破していると判断して、別の場所へ捜索に向かったのだろう。

「シャノン」

アインは隠れ家に戻り、シャノンを軽く揺さぶった。

パチッと彼女は目を開いた。

「追手はまいた。今のうちに行くぞ」

「ゴルベルドのしろにいくかな？」

父親の言葉を思い出し、シャノンはそう訊いた。

「そうしたいところだが、あそこまではかなりの距離がある。検問を二つか三つは越えなければならん」

アインがそう説明すると、「けんもん？」とシャノンは頭に疑問を浮かべた。

「聖軍が俺たちを捜して、通る人間を調べているんだ」

「みつかっちゃう！」

一大事とばかりにシャノンは大口を開けた。

「だから、一度古城に帰って、検問を突破する準備をする」

「シャノンのおしろは、せいぐんいないか？」

「……十中八九、いるだろうな。どうにか中に入って、必要な物を取ってくる」

聖軍もアインたちが戻ってくる可能性は低いと考えているはずだ。その分、警備も手薄だろう。

かなりの無茶だが、やるしかなかった。

「行くぞ」

「あい！」

二人はジェラールの隠れ家を後にし、王都アンデルデズンへ向かった。

§　§　§

湖の古城。夜。

アインは木の陰から、自らの城を観察していた。

「……妙だな」

ぽつりとアインが言った。

「せいぐん、いるかな？」

法衣の袖をぎゅっとつかみながら、シャノンが聞く。

「いや……誰もいない……。少なくとも見張りはゼロだ」

「じゃ、かえれる！」

瞳を爛々と輝かせ、シャノンはぐっと拳を握る。

「……アンデルデズンに入るときも検問がなかった。俺の城を完全に放置するとは考えがたい……」

「でも、だれもいないでしょ？」

シャノンは意味がわからないといった風に、体と頭を大きく捻っている。

「罠かもしれん」

古城になにかを仕掛け、アインが帰るのを誘っている。その可能性があった。

《だが、罠だとしても》

今なら古城に帰るまでは容易い。仕掛けられた罠さえ突破してしまえば、必要な物を持ち出せるだろう。

目立つ場所に置いてある物は聖軍に接収されているかもしれないが、隠し部屋はいくつか設けてある。

聖軍もそれを見つけるよりは、アインたちを追う方が先決だったはずだ。

決心すると、アインはシャノンを連れて湖の古城へ向かった。

周囲を警戒しながら歩いていき、正門の鍵を開ける。

中は灯りがついておらず、薄暗い。

目を凝らしてみれば、見慣れぬ物体がそこにあった。

手鏡である。

「これ、なあに？」

シャノンが手鏡に近づこうとするが、「待て！」と血相を変えてアインがそれを止めた。

すぐさま彼は【魔炎砲(ボルク)】の魔法で手鏡を燃やした。

「出るぞ！」

シャノンを抱きかかえ、アインは城の外へ出た。

そのまま城から離れるように彼は全速力で走っていく。

「遠見の鏡だ」

不思議そうな顔をしているシャノンにアインは説明した。

「鏡に映った者の姿を、別の場所に置いた鏡に映し出す。俺たちがこの古城に帰ってきたのは今ので聖軍に知られたはずだ。あのまま城に入れば、すぐに聖軍の部隊がやってくる」

可能な限り、古城から離れた方がいい。

「どこにいくかな？」

「一度王都の外に出る」

アインは走り続け、アンデルデズンの出入り口に当たる南門までやってきた。

だが、そこにはすでに聖軍の検問が設けられている。

「門は駄目そうだな。防壁を破壊して出るか」

アンデルデズンの周囲は防壁で囲まれており、そこに東西南北四つの門が設けられている。
アインは南門から十分に離れた位置にある防壁を破壊して突破しようと考えた。
しかし――
《聖軍の部隊が……》
門だけではなく、防壁には聖軍の部隊が展開されていた。蟻の子一匹逃す隙はないとばかりに、一定間隔で隊員が配置についている。
《防壁すべてをカバーしていると考えるのが妥当だろうな。一〇〇、いや二〇〇人は動員している》
防壁から距離を取って走りながら、アインはそう思考する。
《アンデルデズンに入るときは聖軍の姿はなかった。オレを確実に閉じ込めるためにこれだけの大部隊を隠していたのか》
アンデルデズンに厳重な検問を設けていれば、アインはそもそも古城へ戻ろうとはしない。
だからこそ、部隊を隠して、アインを確実におびき寄せたのだ。
そうだとしても、彼が古城に戻ってくるかどうかは賭けだ。下手をすれば、二〇〇人もの魔導師を無駄に使うことになるだろう。
《手薄なところがあれば、そこから突破するのが一番だが……》
物陰に隠れながら、アインは防壁の検問の様子を観察する。

と、そのとき、シャノンが路地に置かれていた木箱にぶつかった。

ぐらぁ、と積み上げられていた木箱が傾き、ガタンッと落ちた。

検問にいた聖軍の隊員がその方向に視線を向けた。

「そこでなにをしている？　出てこい」

隊員が数名、アインたちの方へ歩いてくる。

後ろは行き止まりだ。だが、飛んで逃げれば、すぐに見つかるだろう。

「三秒数える。出てこなければ、聖軍への敵対行動と見なす」

アインはシャノンの手を握る。

《やるしかなさそうだな……》

「三」

目の前の隊員を無力化して、実力行使で検問を突破する。

どのみち見つかるなら、先手を打った方がいいとアインは判断した。

「二」

隊員はアインのいる方向、路地の曲がり角に視線を向けたまま、淡々と数を数える。

「一」

アインが飛び出そうとした、そのときだった。

「す、すみません。荷物を落としてしまっただけで、僕はなにも……」

現れた青年を見て、アインは僅かに目を丸くする。

魔導学院時代の友人で、魔法史学者のキースだった。

「こいつを見なかったか？」

隊員が手配書を見せながら、キースに言った。

「いえ」

キースの位置からは隠れているアインが見えている。

それでも、彼は何食わぬ顔をしてそう答えた。

「もういい。行け」

踵を返し、隊員たちは検問の方へ戻っていった。

§19. 時王

キースに案内されながら、アインたちは路地裏を歩いていた。

「手配書が回った後、聖軍の部隊が来てすぐに姿を消したんです。移動したにしては不自然でしたので、もしかしてアインを罠にはめるために隠れているんじゃと思っていたんですが、当たってよかったです」

「……助かったは助かったが、オマエ、これがバレれば……」

「魔導具が必要で戻ってきたんですよね？」

アインが最後まで言うより先に、キースがそう質問した。

「そうだが、この状況じゃな」

「大丈夫です。ついてきてください」

自信たっぷりに言い切ったキースの後を、アインは追いかけていく。

やってきたのは、魔導鍛冶屋『狼鉄の庭』である。

中で出迎えたのはザボットだった。

「一通りの魔導具は揃えてある。うちにあるもんなら、なんでも持っていってくんな」

彼はアインを魔導具の保管室に連れて行くと、開口一番、そう言った。

「……ありがたいが、オレの逃走を手助けすればオマエたちも重罪だ」

「娘さんは魔石病の呪源体ではないんでしょう？」

入り口の方から声がして、アインは振り向く。

やってきたのは商人のパディオだった。

「……それは、そうだ」

「あなたが魔法のことで間違えるわけがない。みんなそう思っています」

アインは目を丸くする。

彼らにはなに一つ説明していない。それでも、アインが逃げているのならば、そういうことなのだとパディオたちは理解していたのだ。

「アインが捕まれば、逆に魔石病の治療法を見つけられなくなってしまいますからね」

キースが言う。

「それに、僕たちは君に助けられました」

キースがにっこりと微笑む。その言葉に同意するように、パディオとザボットも笑った。

「これぐれえのことはしねえと、恩返しにゃあならねえ。遠慮しねえで、持っていってくんな」

「うちの馬車の積み荷に紛れれば、検問も突破できます」

ザボットに続いて、パディオが言った。

アインを助けることが重罪であることは百も承知だ。最悪、聖軍に捕まる危険を冒してまで、彼らはそう申し出たのである。

アインは深く頭を下げた。

「すまん。恩に着る」

§　§　§

アンデルデズンから東。トリナム高原。

王都の検問を抜けてきた馬車が五台、停まっていた。

先頭の馬車から降りたパディオが、二番目の馬車の積み荷を開ける。

大量の藁をどかせば、そこにアインとシャノンがいた。

「ここまで来れば、もう大丈夫です。検問もしばらくありません」

すると、シャノンがぴょんっと馬車から飛び降り、両手を天高く突き出した。

「だっしゅつ、せいこー！」

「馬車は使いますか？」

パディオが言う。

「いや、目につきやすいからな」

「そうですか。それでは……」

「ありがとな、パディオ」

アインが言うと、パディオは首を横に振った。

「私は得がある方についたまでですよ。ここであなたに恩を売っておいた方が、後で儲けられそうですからねぇ」

ニヤリ、と彼は笑った。

それはパディオなりの照れ隠しだったのかもしれない。

ゆえに、アインはこう言葉を返した。

「魔石病の治療薬でも売るか。一財産築けるぞ」

「それはいいですねぇ」

と、パディオは嬉しそうに手を叩いた。

「じゃ、行ってくる」

「ええ。お帰りをお待ちしております」

パディオと別れ、アインたちはそのまま魔導都市ティエスティニアへ向かった。

§　§　§

聖軍本部。第七魔導工房。

そこには夥しい数の魔石化した人間が集められていた。

「……だめだ。これも同じだ」

魔眼を光らせながら、ジェームズは言った。

魔石化した人間の内、本当の末期、すなわち魔石化状態がこれ以上変化しない者を捜しているのだが、見つからなかった。

「入れ替えよう。次を」

「いえ」

ジェームズの申し出に、ギーチェは沈痛の表情で首を横に振った。

「これですべてです。集められるだけの魔石化患者は集めました」

そして、すべて検分し終えた。

なにか手がかりが見つかればと二人は一縷の望みにかけたのだが、それらはすべて空振りに終わったのだった。

§　§　§

魔導都市ティエスティニア。夜。

三つの検問を突破し、アインはとうとう総魔大臣ゴルベルドのいる街までやってきた。

残る検問は一つ。

だが、アインの目の前に展開されているのは聖軍による大部隊だった。

三つの検問を突破したことにより、情報が回ったのだろう。アインの目的地を察知し、ここに多くの隊員を集めたのだ。

その数、凡そ八〇〇名である。

「たくさん、いるー」

聖軍の大部隊を見て、シャノンはびっくりしたように口を開いている。

「どうやって、そらとぶおしろまでいく？」

シャノンが魔導都市の上空に浮かぶ天空城を指さす。

「こっちの目的は筒抜けだ。忍び込むのはまず無理だろう」

アインは魔法陣を描く。

空間が歪み、そこに出現したのは一六枚の歯車だ。

ザボットからもらった魔石とミスリルを魔法で加工して作った器工魔法陣である。

シャノンの手をつかみ、アインは言った。

「強行突破だ」

魔力の輝きがパッと弾けたかと思えば、一六枚の歯車が勢いよく回転する。

直後、アインとシャノンは急加速した。

「【加速歯車魔導連結一六輪】‼」

まさに光であった。

アインを視認し、警戒態勢を敷いていた聖軍の隊員たちは瞬きすらしていない。

しかし、それでいてなおも目に映らないほどの速度で、アインは真正面から堂々とその布陣を通り過ぎた。

八〇〇名の隊員を置き去りにしたアインの目の前に見えたのは、頑強な門である。

「【剛力歯車魔導連結四輪(ガウベルク・バッツェ)】‼」

右拳を握りしめ、加速した勢いのままにアインはそれを突き出した。

ドゴォオッと門が弾(はじ)け飛(と)び、アインとシャノンは魔導都市ティエスティニア内部へ侵入を果たした。

アインは【加速歯車魔導連結一六輪(ジルクセイド・ガヴェル)】で加速したまま、まっすぐ天空城の真下を目指す。

あっという間にその場所が見えてきて――

「【局所時間停止(レズン・エヴィラ)】」

ピタリとアインとシャノンは止まった。

八〇〇名の隊員が反応すらできなかった【加速歯車魔導連結一六輪(ジルクセイド・ガヴェル)】が止められたのだ。

「君の時間はもう君の思い通りには動かない」

そこに立っていたのは、白髪の魔導師。

手には世界に一本しかない時霊樹の杖(つえ)を携えている。

六智聖の一人、【時王(ときおう)】ノーヴィス・ヘイヴンであった。

「無学位でもそれぐらいはわかるだろう」

§20. パパ友

アインの両足はピクリとも動かなかった。まるで地面に張りつけられたように、【飛空（レフ）】で飛ぶこともできない。

彼にかけられた魔法は、【局所時間停止（レズン・エヴィラ）】。

時間停止する範囲を狭くすることにより、【相対時間停止（レズン・ネゼ）】よりも強い効力を発揮する。

【相対時間停止（レズン・ネゼ）】は第十位階以上の魔法を以（もっ）てすれば、時間停止に抗（あらが）うことができるが、【局所時間停止（レズン・エヴィラ）】は一度停止したが最後、時空大系の第十三位階魔法か魔導工域でなければ解除できない。

それが使えなければ、残る手段は一つ。時霊樹の杖（つえ）を破壊することだ。

「時王ノーヴィス」

すぐに戦闘を始めようとはせずに、アインは問いかけた。

「六智聖のオマエが、本当にシャノンが魔石病の呪源体だと信じているのか？」

「別にどちらでも構わない」

一蹴するようにノーヴィスが答える。

「なに……？」

聞き返したアインの声音には、若干の怒りが混ざっていた。

「専門外の研究に頭を使いたくないんでね。仮に呪源体でなくとも、それは判断を下した魔導師の責任だ」

「オレをここで止めて、シャノンの消滅解呪を行い、その結果、魔石病が治らなかったら、どうするつもりだ？」

「何度も言わせないでもらいたい」

ごく平然とノーヴィスは言った。

「それは判断を下した魔導師の責任だ。私は上からの命令を実行したにすぎない。はっきり言おうか？　無関係だ」

その答えを聞き、アインの目が据わる。

徹底的な合理主義。

それも六智聖になるほどだ。

どれだけ話し合ったところで、永遠に平行線だというのはわかった。

「一応、聞いておく。死にたくなければ投降するといい」

ノーヴィスの警告に、アインは即答した。

「断る」

瞬間、その場全体を覆い隠すような影が出現する。

【立体陰影(イドウラ)】。その魔法により、ノーヴィスの視界は闇に包まれた。

だが、一瞬の動揺も見せず、ノーヴィスは時霊樹の杖(つえ)を突き出した。

時間停止の光が、怪しく瞬(また)く。

「【砲閃連鎖歯車魔導伝送(ロー・アヴロハイアス)】」

暗闇の中、連鎖歯車が無数に出現し、ノーヴィスに照準を向けた。

「【伝送魔弾(ヴァーチェ)】」

唸(うな)りを上げて無数の魔弾がノーヴィスの右手を狙う。否、狙いは彼が手にしている時霊樹の杖(つえ)だ。

それを破壊すれば、アインの両足にかけられた時間停止の効果は消滅する。

しかし——無数の魔弾は時霊樹の杖(つえ)に当たる直前で、ピタリと止まった。

【局所時間停止(レズン・エヴィラ)】である。

「狙いは悪くなかった」

改めてノーヴィスは時霊樹の杖(つえ)を突き出し、まっすぐアインがいた方向に時間停止の光を放つ。

【立体陰影(イドウラ)】の闇がぱっと晴れた。

「【立体陰影(イドウラ)】で自分への狙いを逸(そ)らすと見せかけ、本命は時霊樹の杖(つえ)を破壊することだった。心臓に【局所時間停止(レズン・エヴィラ)】を浴びても、数秒以内に時霊樹の杖(つえ)を撃ち抜けば、時間停止は解除されるからね」

つまり、時霊樹の杖(つえ)と相打ちならば、アインの勝ちだったのだ。それを読んでいたノーヴィスは、冷静に【伝送魔弾(ヴァーチエ)】に対処した。

「所詮は無学位だったね」

ゆっくりとノーヴィスは歩いていき、アインの目の前で立ち止まった。

「さようなら」

時霊樹の杖(つえ)をアインの胸に直接当て、ノーヴィスは魔力を込めた。

「馬鹿め」

胸に押し当てられた杖(つえ)をアインの手がつかむ。

【剛力歯車魔導連結四輪(ガウベルク・バッツエ)】。ミシミシとその杖(つえ)が軋(きし)んだかと思えば、握りつぶされた。

「なんだと……!?」

驚愕(きょうがく)の表情でノーヴィスはアインを見返す。

「なぜ……貴様……なぜ動いている……!?」

「連鎖歯車で跳ね返した【局所時間停止(レズン・エヴィラ)】が、時霊樹の杖(つえ)自体の時間を停止させた」

時間が停止すれば、時霊樹の杖(つえ)の力は失われる。つまり、すべての【局所時間停止(レズン・エヴィラ)】が解除されたのだ。

アインは本命である【局所時間停止（レズン・エヴィラ）】の反射を隠すため、【立体陰影（イドウラ）】を使い、ノーヴィスを二重の罠（わな）にはめたのだ。

時霊樹の杖（つえ）を破壊した以上、最早奴（もはややつ）は【局所時間停止（レズン・エヴィラ）】を使えない。

更には、ノーヴィスを無数の連鎖歯車が取り囲んでいた。

「……ちっ！」

ノーヴィスが身構えた瞬間、連鎖歯車の中心が目映（まばゆ）く光った。

「【伝送魔弾（ヴァーチエ）】!!」

四方八方から魔弾が雨あられと降り注いだ。

逃げ場はどこにもない。魔法障壁で防いだとして、ただでは済まないだろう。

刹那の判断。ノーヴィスは静かに目を閉じて、そして言った。

「開似（かいじん）」

膨大なマナが溢（あふ）れかえり、彼を中心に魔力が渦巻く。

「魔導工域――【刻を支配せし古時計（ジウ・ラ・バルムンク）】」

出現したのは、時計の針。無数の長針と短針である。それらがアインを取り囲み、その場に魔法空間を構築した。

すると、放たれた【伝送魔弾（ヴァーチエ）】の速度が急激に遅くなった。

ノーヴィスはゆっくりと動き、魔弾と魔弾の間をくぐり抜ける。

「……時間の流れが遅い………」

「そう。私以外はね」

ノーヴィスは指先を伸ばす。

すると、【刻を支配せし古時計（ジウ・ラ・バルムンク）】の長針がすべてアインに向けられた。

「【加速歯車魔導連結一六輪（ジルクセイド・ガヴェル）】！」

アインは飛（と）び退（の）いた。

時間が遅いだけならば、それ以上の速度をもってすれば動けないわけではない。

しかし――

「刻め」

ノーヴィスがそう口にした瞬間、アインの目の前に長針が現れた。

《……時間が……飛んだ……⁉》

アインの思考すらも飛ばす勢いで鋭利な長針が、彼の額に突き刺さり、そして砕け散った。

《……⁉》

ノーヴィスが目を疑う。

銀水晶だった。あらゆる魔力を遮断するその特性により、【刻を支配せし古時計（ジウ・ラ・バルムンク）】が乱され、長針が自壊したのだ。

開闢された魔導工域【聖空に咲く銀の水晶】。

その輝く聖空を操ることができるのは、大陸広しといえども、一人だけ。

六智聖が一人、【鉱聖】アウグストがアインの前に立っていた。

「目的はゴルベルドだろう？」

アウグストが言った。

「彼らの相手は私たちに任せて、天空城へ行くといい」

《私たち……？》

アインの疑問に答えるように、背後で地面が弾けた。

「行きなさいっ！　【魔磁石傀儡兵】‼」

磁力を帯びた石の拳が縦横無尽に駆け巡り、魔導師たちをバッタバッタと薙ぎ倒していた。

十数体もの【魔磁石傀儡兵】を操るのは、アウグストの娘、天才と名高い【石姫】アナスタシアだ。

「アウグスト……オマエ、なぜ――」

「理解できないね、アウグスト」

アインの問いを塗りつぶすように、ノーヴィスが声を上げていた。

「これは重罪だ。六智聖の称号を剝奪され、投獄されるリスクを引き受けてまで、その無学位を助けるメリットがあるかい？」

「メリット？」

アウグストはノーヴィスの言葉を一笑に付す。メリットなど、彼は考えたこともない。

アウグストが行動を起こした理由は、ただ一つ。

そして、それこそ、幼い頃から対等な友人を持てなかった彼にとって最も重要なことであった。

「パパ友だからね」

§21. 叡智(えいち)ある器工魔法陣

アインとシャノンは浮遊籠(ふゆうろう)に乗り込み、天空城アルデステムアルズへ急ぐ。

眼下ではアウグストとノーヴィス、六智聖同士の魔導工域による激しい戦いが繰り広げられていた。

「ぱぱ。アナシー、だいじょうぶかな？」

不安そうにシャノンが聞いてきた。

彼女もまた魔導都市ティエスティニアに配備された魔導師たちと戦っていた。

目的は時間稼ぎだ。

アインがこれからやろうとしていることを、彼らには話していない。それでも、アインが魔石病の解決策をもって行動を起こしたと信じているのだ。

「アイツは天才だ。時間を稼ぐだけ稼いだら、危なくなる前に逃げるだろう」

すると、シャノンは力一杯うなずいた。

「アナシーはすごい！　シャノンのともだち！」

無邪気な言葉に、アインの頬が緩む。

きっとそういうことなのだろう。

勝算があるから来たわけではない。アナスタシアもまた、友達を助けにきたのだ。

アウグストと同じように。

《……死ぬなよ……アウグスト……》

銀水晶の輝きを見つめながら、アインは友の無事を祈る。

ガゴンッと音が響き、浮遊籠が天空城に到着した。

アインは身構えたが、そこには誰もいない。

「てっきり待ち構えていると思ったがな」

言いながら、アインは【飛空（レフ）】でシャノンを飛ばせ、走り出した。

「どして、だれもいないかな？」

「わからん……オマエのことを知られたくないのかもな……」

アインは目的地に向かい、まっすぐ走り続ける。

護衛の魔導師に遭遇することはない。それどころか、人の気配が殆どしなかった。

結局、誰にも会うことなく、アインは玉座の間へとやってきた。

その椅子に座っているのは総魔大臣ゴルベルド・アデムである。

「来ると思っていたよ」

彼は言った。

「今、各国の魔法機関がこの魔導都市に続々とやってきている。君と魔石病の呪源体を捕え、引き渡せと要求があった」

アインの顔をじっと見据え、ゴルベルドは問うた。

「私にリリアを助けろというんだろう？」

アインは答えず、黙って彼を見返している。

「勿論、我が子を助けたい気持ちはある。しかし、ここまで事が大きくなってしまった以上、ただで助けろというのは虫の良い話だとは思わないか？」

ゴルベルドの言い回しは回りくどいが、早い話がシャノンの親権を寄越せということだ。

「心は決まったのかい？」

ゴルベルドの問いに、アインは答えた。

「叡智ある器工魔法陣の作り方がわかった」

一瞬、ゴルベルドは目を丸くする。

それは彼が思いもよらない言葉だった。

「聞くだけ聞こう」

「魔法陣そのものに叡智を持たせることは難しい。人間のように、物事を多角的に捉え、様々な判断を下す……その叡智を無から生み出さなければならないからだ。そんな魔法はどこにも存在しない」

そう前置きをした後、アインは言った。

「だが、逆に考えれば話はずっと簡単になる」

ゴルベルドが眉根を寄せる。

「逆に、とは……？」

「魔法陣に叡智を持たせるんじゃない。すでに叡智を持っているものを魔法陣化すればいい。つまり――」

驚きの表情で、ゴルベルドはアインの言葉に耳を傾けている。

彼がなにを言おうとしているのか、総魔大臣にまで上り詰めたゴルベルドには、薄々わかっていたのかもしれない。

「人間を器工魔法陣にすればいい」

ゴルベルドの表情が驚愕に染まる中、アインは目の前に魔法陣を描いた。

「オマエが叡智(えいち)ある器工魔法陣の研究のために実験体として生ませた子ども——」

魔力の光がそこに集まり、歯車魔法陣が勢いよく回転する。

「それが、シャノンだ」

ゴルベルドがはっとした瞬間、巨大な魔力の砲弾が彼を呑(の)み込(こ)んだ。

【第十一位階歯車魔導連結(エクス・デイド・ヴォルテクス)】。

歯車大系第十一位階魔法にて、アインは問答無用でゴルベルドを攻撃した。

ドゴオオオォォォォッと、けたたましい爆発音が鳴り響き、玉座の間の壁が吹き飛んだ。

「……やれやれ………」

直撃を受けたゴルベルドの傷が、瞬(またた)く間(ま)に癒えていく。

彼の背には黒い炎の翼があった。

魔導工域【深淵に潜む黒炎の龍(アンガルド・フォズムフラッデ)】である。

それがゴルベルドを再生しているのだ。

「同じ魔導工域を使える人間は二人いない。つまり、ガルヴェーザ・アデムなど存在しない」

ゴルベルドを指さし、アインは言った。

「オマエがアリゴテだ。オマエは双子の弟であるガルヴェーザの火塵眼(かじんがん)を抜き取り、自らに移植しようとしていた。その計画に気がついたガルヴェーザは、オマエの元を離れようとした」

アインの言葉に、ゴルベルドはただ笑みを返す。

「だから、殺して計画を実行に移した。父親を殺したのも、ガルヴェーザではなく、オマエだろう。火塵眼の移植に邪魔だったからだ」

火塵眼は禁呪だ。ゴルベルドの父親は決して移植に賛同しなかっただろう。

それどころか、息子を危険な存在と見なし、当主の座を譲らなかったかもしれない。

「素晴らしい」

ゴルベルドのその笑みが不気味に歪んでいく。

「俺を理解したのは君が初めてだよ、アイン・シュベルト。それで——」

脅すようにゴルベルドは言った。

「話は終わりかい？」

アインは魔法陣を描き、そこから一枚の羊皮紙を取り出した。

「ジェラールが遺したものだ。ここに書かれている人形大系の魔法、【操魔人形】。その魔法効果は魔法を人形のように操ること。この【操魔人形】が、叡智ある器工魔法陣——つまりシャノンだ」

そう考えれば、これまでの出来事にすべて辻褄が合う。

魔力暴走が起こる条件は、まず第一に器工魔法陣であること。

だが、シャノンが起こす魔力暴走はいつも別の魔法が関わっていた。

なぜなら、それこそが【操魔人形】の条件だからだ。

すなわち、シャノンが魔法を操ろうとするとき、魔力暴走が起きる。

一番初めに歯車大系の器工魔法陣に触れたときも。

魔操球（まそうきゅう）を使おうとしたときも。

魔導馬車を操ったときも。

「魔導馬車に砲塔の類いはついていない。にもかかわらず、シャノンは結界を砲弾に変えた。

これは【操魔人形（ジゼム）】の魔法効果であり、その後シャノンは魔力暴走を引き起こした。恐らく【操魔人形（ジゼム）】はシャノンが触れている魔法か、その術者であるオマエと魔法線がつながっている魔法を自在に操るんだろう」

それこそが一連の謎を解く鍵だった。

「ゴルベルド。オマエが浄噴水（じょうふんすい）――【浄水（ラファ）】の器工魔法陣のロイヤリティマナを〇にしたとき、人格はともかく仕事はまともにやるんだと思った」

水が悪ければ疫病の原因になる。

ゴルベルドは【浄水（ラファ）】のロイヤリティマナを無償で提供することにより、世界中にそれを広め、貧しい人間でも安全な水を飲めるようにした。

それは確かに世界にとって有益なことで、多くの命が救われた。

「思い違いだったとでも言いたげだね」

人を食ったようにゴルベルドは言う。

「思い違いだったんだ」

はっきりとアインは断言した。

「【操魔人形(ジゼム)】はオマエと魔法線がつながっている魔法を操る。そして、【浄水(ラファ)】の器工魔法陣は権利者であるオマエと魔法線がつながっている」

ゴルベルドの行動すべてが一つの出来事に帰結していく。

「なぜ魔石病がこのタイミングで世界中で急激に広がり始めたのか。誰かが意図しているとしか思えなかったが、世界中の人間に呪病をかける方法が思いつかなかった」

そう。不可能なはずだった。

だから、これまで制御の利く魔法ではないと思い込んでいた。

思い込まされていたのだ。

「これが答えだ。世界中に広めた器工魔法陣は、シャノンの【操魔人形(ジゼム)】により【浄水(ラファ)】を操り、呪病に変えるためのもの」

ゴルベルドは命を救うために【浄水(ラファ)】の器工魔法陣を無償にしたわけではない。

「オマエが魔石病を広めているんだ」

「人形大系【魔石人形(ゼシエズ)】」

まるで悪びれずに、堂々とゴルベルドは言った。

「それが魔石病に冒す魔法の名だよ。そうすれば、君がリリアを引き渡してくれると思ったんだけどね。思ったよりも、頭が悪い。いや、この場合は賢かったのか」

アテが外れたといったように、ゴルベルドは肩をすくめる。

「オマエの一番の目的は、世界中に広めた【浄水(ラファ)】の器工魔法陣を同時に操り、世界を丸ごと覆う魔法陣を形成すること。それを使って世界を丸ごと人形化し、操る」

それはジェラールが遺(のこ)してくれた羊皮紙に書かれていたこと。

最後の結論をアインは述べる。

「人形大系第十三位階魔法、【第十三位階世界人形(オル・デロム・バッセラム)】の魔法実験だ」

§22. 虚言

タン、タン、タン、とゴルベルドが静かに拍手をした。

人気のない天空城に、それは不気味に響き渡る。

「バッカスの情報を得たとはいえ、よくそこまでたどり着いたものだ」

「【第十三位階世界人形(オル・デロム・バッセラム)】の魔法理論は未完成だ」

その言葉に、ゴルベルドは僅かながら興味を示す。

　アインは手にした羊皮紙に一瞬、視線をやった。

「ここに書かれている魔法陣から、大して進んでないんだろ？」

「否定はしないよ」

「必ず失敗する。世界を操る、世界の人形化を行うための理論が、これでは不十分だ。魔法実験を行えば確実に魔力暴走が起きる」

　アインはそう断言し、更に続けた。

「世界規模の魔法陣が魔力暴走を引き起こせば、魔法省も聖軍も対処しきれない。世界中の都市が壊滅するぞ」

「アイン・シュベルト」

　アインの警告に対して、ゴルベルドは平然とした表情を返す。

「君は一度も失敗せずに、歯車大系を開発したか？」

　その問いに、アインは一瞬絶句する。

　答えは明白だ。

　ゴルベルドの言わんとすることも。

「魔法実験に失敗はつきものだよ。たとえ、世界中の都市が壊滅しようとも、魔法実験の結果が得られればそれでいい。失敗は成功の礎となるだろう」

「どれだけの人間が命を落とすと思っている？」

「それだけの価値がある」

なんの逡巡もなく、ゴルベルドは言い切った。

元々、目的のために世界中に魔石病を蔓延させるような男ではあった。

だが、自分で広めた魔石病なら、それを解呪する手段を持っているのだとアインは思っていた。


どちらかは定かではないが、一連のやりとりでわかったことが一つある。

ゴルベルドにとって、人間の命など自身の魔法研究に比べればどうでもよいのだ。

「ところで」

気楽な口調で話を打ち切り、ゴルベルドはシャノンに視線を移した。

「彼女をここに連れてきたのは失敗だったね」

ゴルベルドは魔法陣を描く。

反射的にアインはシャノンに魔法障壁を展開した。

「【魔石人形】」

不気味な音とともに、禍々しい光を発したのはシャノンである。

魔法障壁を素通りしたのは、ゴルベルドと魔法線がつながっているからだ。

「……シャノン、ひかてるっ⁉」

彼女の右手が魔石化した。魔石病だった。

「シャノンッ!!」

血相を変えて、アインが叫ぶ。

彼が駆け寄ろうとしたその次の瞬間、魔石化は瞬く間に全身に広がり、シャノンは完全に魔石になっていた。

アインは険しい表情で、目の前の男を睨む。

「俺は魔石病の治療法を知っている。この状態なら、シャノンはまだ助けることができる。つまり」

勝ち誇ったようにゴルベルドは言った。

「君は俺を攻撃できない。俺を殺せば、世界中を敵に回してまで救おうとした娘を、救うことができなくなってしまう」

ゴルベルドは手を天井へ向けた。その指先から黒い炎が溢れ出す。

「出ろ、炎龍」

噴水のように勢いよく噴出した黒炎はみるみる龍を象り、そのまま玉座の間の天井を突き破った。

同時にゴルベルドは飛び上がり、天空城アルデステムアルズの外に出た。

炎龍は黒々とした光を放ち、夜の空に輝いている。

「天空城ごと沈んでもらうよ」

炎龍がその口を大きく開いた。

しかし、焦ることなく、アインは言葉を返した。

「残念だが、オマエも俺を攻撃できない。シャノンを失えば、【第十三位階世界人形】の魔法実験が行えない」

「叡智ある器工魔法陣なら、また作ればいい」

「もう一つ」

アインは不敵に笑う。

「炎龍を放てば、オマエは背後から撃たれる」

ゴオオオオオオォォォォとあたかも龍が咆吼するように、炎龍が燃え盛る。

「不可能な脅しは、時間稼ぎにもならない」

ゴルベルドはゆるりと指先を天空城へ向け、炎龍を放つ――その瞬間、アインが頭上に手を伸ばした。

「オマエは手を誤った」

アインの台詞と同時だった。

ゴルベルドがはっとして、背後を振り向く。

迫ってきていた巨大な魔力の砲弾が数発、彼の五体を撃ち抜いた。

「な……に……!?」

右腕、左胸、腹部、右足に傷を負いながらも、ゴルベルドは魔法砲撃が来た方向を振り向いた。

だが、そこにはなにもない。

「隠蔽魔法か」

ゴルベルドが目に魔力を集め、目の前を凝視する。

《……なにもない……？》

ゴルベルドが疑問を覚えたその瞬間、アインは言った。

「魔導師なら、頭で見るんだな」

再び巨大な魔力の砲弾が連射された。

それはゴルベルドと炎龍を分断するように、それぞれを狙った。

上昇を続けながら、それを避けるゴルベルド。

炎龍はいくつか被弾し、その炎の体を削られる。

《体が再生していない。ゴルベルドも炎龍も》

ゴルベルドの体をアインは冷静に観察している。

《恐らく炎龍は宿主の体内にいるときのみ魔力を糧（かて）にして、その炎体を増幅する。そして、宿主を守るために再生する。分断すれば、倒しきれる》

アインは砲撃の魔法陣を描く。

「この角度……まさか……？」

　空を飛び、回避を続けながら、肉眼では見えるはずもない遥か彼方(はるかかなた)を、ゴルベルドはその頭脳をもって見た。

　魔法砲撃の射点が、彼の頭に描かれていた。

「王都アンデルデズン、あの湖の城からか……⁉」

　王都アンデルデズン、湖の古城。取り付けられた巨大な歯車の周囲に、無数の歯車が浮かんでいた。

　それらはすべて魔力伝導性の高いブルーオリハルコンを原料に作られている。

「【第十一位階歯車魔導連結(エクス・デイド・ヴォルテクス)】！」

　歯車大系による超長距離砲撃。

　魔導師の水月(オリエンタル・ムーン)を落としたその正確な砲撃が雨あられの如(ごと)く、ゴルベルドと炎龍に降り注ぐ。

　ゴルベルドは更に上昇してそれを回避する。

「【魔炎殲滅火閃砲(ジア・ボルドヘイズ)】」

　巨大な魔法陣を描き、ゴルベルドは湖の古城めがけて火閃(かせん)を撃ち放った。

　【第十一位階歯車魔導連結(エクス・デイド・ヴォルテクス)】の十数倍はあろうという分厚い火閃(かせん)が地上を薙(な)ぎ払(はら)う。

　しかし、湖の古城には当たらなかった。

「精密さのない炎熱大系で、どうやってアンデルデズンの小さな城を撃つつもりだ？」

挑発するようにアインは言い、魔法陣を描いた。
初めて見せる歯車魔法陣だ。
連射される【第十一位階歯車魔導連結】を避けながら、ゴルベルドは眼下のアインを冷静に観察した。
《天空城に降りれば、アンデルデズンからの砲撃は当たらない》
ゴルベルドは思考する。
アインも自分がいる城には砲撃できない。
《だが、入れ替わりで奴が空に上がれば今度はこちらが城ごと落とされる》
ゴルベルドは瞬時に超長距離砲撃の対策を練った。
《①奴を飛ばせないように炎龍で空に蓋をしながら、砲撃をかいくぐる。②炎龍を取り込み、再生力でゴリ押しする。それとも――》
ゴルベルドが見れば、アインが歯車魔法陣を描いていた。
彼が見たことのない魔法陣である。
《あの魔法陣……新魔法か。①と②、どちらを想定している？　いや、奴の狙い通りの展開になったとしても、炎龍なら八、九割は勝てる》
「どうした？　来いよ。砲撃をかいくぐって接近すればオマエの勝ちだ」
更にアインは挑発を重ねた。

空と地上、二人の視線が交錯する。

「君の思惑には乗らないよ」

そうゴルベルドは答えた。

§23. 天才

湖の古城から超長距離魔法砲撃が放たれた。しかし、ゴルベルドはそれを冷静に回避していく。

彼は攻め手に回る気配がない。回避に専念するなら、どこから来るかわかりきっている砲撃を避けるのは造作もないだろう。

「いつまで逃げ回るつもりだ？」

挑発するようにアインは言った。

「言ったはずだ。君は俺を殺せない。現に致命傷にならない砲撃しか撃っていない」

「時間をかければかけるだけ解析が進むぜ」

「解析？」

訝（いぶか）しむようにゴルベルドが眉根を寄せる。

「ギーチェは魔石病研究が専門の魔導師だ」

フッとゴルベルドは一笑に付した。

「俺も言ったはずだ。彼の父親は無駄死にだった」

挑発するように言いながらも、ゴルベルドはアインの動きを注視している。

「俺は君を侮らない」

ゴルベルドはアインのそばにある歯車魔法陣を指さす。

「その新魔法がなんであれ、炎龍を上回るはずもないが、唯一の不確定要素だ」

遠距離から再び魔法砲撃が撃ち放たれ、ゴルベルドは上昇してそれを避けた。

「俺が行動を起こさない限りは、君のその魔法も効果が薄いとみた。そうでなければ、すでに使っている」

ゴルベルドは魔法障壁で魔法砲撃を防ぐ。更に撃ち放たれた砲撃が魔法障壁を割るも、彼はそれを素早くかわした。

「【魔石人形】には人形大系の術式も使われている。それを知らない人間に、魔石病を解明するなど不可能だ。そして、時間を稼げば稼ぐだけ――」

アインが魔法陣を描く。

だが、湖の古城から魔法砲撃が発射されることはなかった。

「君の城のマナが枯渇する」

これを待っていたかのようにゴルベルドは言った。

「想定よりも、時間はかかったが」

魔法砲撃が止み、ゴルベルドはここぞとばかりに無数の魔法陣を展開する。

その照準はアインに向いていた。

「これでチェックメイトだ」

流星のように落ちてくる黒き炎を、アインはじっと見上げている。

追い詰められた状況下で、彼が考えているのは一つだけだった。

§　§　§

学生時代。

魔導工房にて、アインは羽根ペンを走らせる。

彼はふと手を止めて、

「……違う……」

大量の羊皮紙が室内に散らかり、それらすべてには魔法陣が描かれていた。

アンデルデズン魔導学院、魔導学部。

アインは考え事をしながら、校舎前を歩いていた。

《イステイブルが魔法陣に入れた魔法文字の数は一〇一六文字。どう効率よく入れても、その半分しか入らない。なにかが根本的に間違って――》

ふいにアインは立ち止まった。

イーゼルに広げられた羊皮紙。そこに描かれていた魔法陣が彼の目に飛び込んできた。

それはちょうど彼が挑んでいる難問、イステイブルの魔導試問だ。

「なんで【熾火】を入れた？」

アインに声をかけられ、ギーチェは振り向く。

「【灰塵】しか入らないはずだ」

「その方が壮麗だろう」

「壮麗？」

アインが首をひねり、そしてつらつらと説明し始めた。

「【熾火】を入れるには燃料文字が必要だ。だが、魔法陣内の燃料文字はすでに他の魔法文字によって燃やされている。どう計算しても、一画も残らない」

「……気にするな。ただの直感だ」

そのとき、その魔法陣と【熾火】の魔法文字を見ていたアインの頭に、まるで天啓のような閃きが降りてきた。

突き動かされるように、彼は一歩を踏み込んだ。

「わかったぞ」

アインはイーゼルに広げた羊皮紙に羽根ペンを走らせ始める。

興奮しているのか、まくし立てるように彼は言う。

「燃料文字を温存するんじゃなくて一気に燃やす。つまり、【火炎】を連鎖させて爆発を起こす。そうすれば、逆に火が消えて、【樹木】が一画残る。これで【熾火(おきび)】が入る。そうすれば
──」

書きあがった術式を見て、アインは目を丸くした。

今世紀最大の難問、イステイブルの魔導試問が確かに解かれていたのだ。

《たった一文字だ》

そうアインは思った。

《たった一文字、ここに【熾火(おきび)】が入る。それこそがこの魔導試問の急所で……コイツはただ壮麗だという理由一つでそれに気がついた》

魔導試問の答えを見ながら、アインは隣にいるギーチェに視線を向けられないでいた。

《……いるところには、いるもんだな……》

§　§　§

数時間前――

聖軍本部。第七魔導工房。

「魔石化の安定の件は諦めるほかないだろう……。せめて奴(やつ)らがなんの目的で魔石病を広めているのかがわかれば、考えようもあるが……」

ジェームズはそう言い、踵(きびす)を返(かえ)した。

「もう一度、彼らの目的を洗い直してみよう。【白樹(はくじゅ)】の資料を取ってくる」

魔導工房を出て行こうとするジェームズの背中を、反射的にギーチェはつかんでいた。

振り向いたジェームズと、ギーチェの視線が交錯する。

しかし、彼にはジェームズの顔は最早(もはや)見えていない。

その目には、その頭には、術式のパズルが浮かんでいた。

「血聖石です……！」

突き動かされるように、言葉が口を突いていた。

「……それは……確かホルン鉱山にあったという魔石だったかな？」

そうジェームズは聞いた。

「血聖石には通常の魔石とは比較にならないほどのマナがあります。もしも、【白樹(はくじゅ)】の目的がマナなら――」

「魔石病に冒された人間は、最終的に血聖石になる。それで【白樹(はくじゅ)】は大量のマナを入手しているということか？」

　こくりとギーチェがうなずく。

「理屈にかなっている。そのセンで理論を再構築してみよう」

「いえ」

　ギーチェは言った。

「パズルは解けました」

　その手には、たった今、頭の中で構築した魔法陣が描かれていた。

　脳裏によぎるのはかつて彼の父が遺した言葉、

『いつか…私とお前の研究が実を結び、多くの人々を救う。私の人生は無駄じゃなかった』

　そして、娘の言葉だ――

『じゃ、だでぃもだいじょうぶ！　シャノンがんばるから、だでぃもいっしょにがんばろう！』

《父上……シャノン……!!　私は今度こそ――》

　ギーチェは魔石化している人間にその治療魔法を使った。

§　§　§

ドッガァァン、と室内が爆発した。

空中からゴルベルドの放った炎弾が床を吹き飛ばしたのだ。

もくもくと黒煙が立ち上り、ニヤリとゴルベルドは笑う。

「……オマエはいつも、結果が出るまでわからないんだな」

響いた声に、ゴルベルドは視線を鋭くする。

立ち上る黒煙の隙間、アインの盾となったのはギーチェだ。

彼はその剣速でもって、降り注ぐ炎弾を切り払ったのだ。だが、ゴルベルドの目を釘付け(くぎづ)に
したのは、そんな些末(さまつ)なことではない。

アインは魔石化が解けたシャノンを抱いていたのだ。

「オレの悪友は天才だぞ」

そう言い放ち、彼は先程描いていた歯車魔法陣に魔力を込める。

静かに目の前を見据え、アインは言った。

「開仭(かいじん)――」

その魔力が莫大(ばくだい)に膨れ上がる。

魔導工域の開仭(かいじん)に必要なのは第十二位階魔法と大量のマナ。

そのどちらも、今のアインならば手が届く。

これまで使わなかったのは、ギーチェを待っていたからだ。彼が魔石病の治療法を見つけて

ここに駆けつけてくる。そう信じていたのだ。

「魔導工域【廻天する歯車仕掛けの摩天楼（アーク・ゼオ・アヴロギア）】」

彼の背後に出現したのは、天を突くほどの魔力の塔。その中心には巨大な五つの歯車が埋め込まれている。

アインはギーチェにシャノンを任せ、臨戦態勢を取る。

「【第十一位階歯車魔導連結（エクス・デイド・ヴォルテクス）】」

十一枚の歯車魔法陣が魔導連結し、巨大な魔力の砲弾を発射する。

ゴルベルドは咄嗟（とっさ）に炎龍を盾にした。

【第十一位階歯車魔導連結（エクス・デイド・ヴォルテクス）】が炎龍に直撃する。

当然のように、その魔力の砲弾は弾（はじ）かれた。

《威力は変わっていない。あの魔導工域の能力はなんだ……？》

ゴルベルドがそう思考した瞬間、アインは更に巨大な四つの歯車魔法陣を構築していた。

それらが先程の十一の魔法陣と魔力の線をつなげている。

《四つの歯車魔法陣と【第十一位階歯車魔導連結（エクス・デイド・ヴォルテクス）】の魔導連結……!?　これは――》

そこに膨大な魔力が集中する。

「【第十五位階歯車魔導連結（レゼオ・デイル・ヴォルテクス）】!!」

一気に膨れ上がった魔力波が怒濤（どとう）の如（ごと）く押し寄せ、炎龍の半身を吹き飛ばした。

ゴルベルドは、それを寸前のところでかわしたが、かすめた右肩から血が滴(したた)っている。

「十五の歯車魔法陣を魔導連結した第十五位階魔法。本来なら魔法の位階は十三が最大のはずだが……」

ゴルベルドは炎龍を取り込む。

右肩が再生し、炎龍の翼が大きく広がった。

「【廻天する歯車仕掛けの摩天楼(アーク・ゼオ・アヴロギア)】の能力は、位階上限の超越か」

「勝ち目はないぜ」

アインは更に五つの歯車魔法陣を描く。

「君の話かい？」

ゴルベルドの火塵眼(かじんがん)がそれを睨(にら)み、歯車魔法陣は炎上した。

瞬間、アインは十一個の歯車魔法陣にて城の柱を覆った。

「【第十一位階魔導連結加工器物(エクス・デイド・リレイス)】！」

柱が創り替えられ、無数の歯車が宙を舞う。

「火塵眼(かじんがん)の死角を突くなら、この十倍は必要だ」

ゴルベルドの火塵眼(かじんがん)が光り輝き、宙に舞う無数の歯車がすべて炎上した。

眼下を見下ろすゴルベルドは、しかし一瞬違和感を覚えた。

《炎が……向かって……》

燃やし尽くしたはずの歯車が燃えながらゴルベルドの方へ向かってきている。

いや、違う。

それは炎に包まれたアインだ。

《あえて炎に突っ込んで、カムフラージュを……⁉》

炎を吹き飛ばし、アインはゴルベルドに接近を果たす。

火塵眼（かじんがん）を使おうとしたその瞬間、アインの手がゴルベルドの顔をつかみ、その魔眼を覆った。

「【零砲（ロア）】」

至近距離にて火塵眼（かじんがん）に【零砲（ロア）】を叩（たた）き込（こ）み、視力を奪う。

「捕まえたぞ。目の前で光を浴び続ければ、火塵眼（かじんがん）は使えないだろ」

「捕まえたのは、こちらだ！」

炎龍の頭部がゴルベルドから這（は）いずり出て、アインの足下から食らいついた。

炎の牙がアインの体に食い込み、黒く炎上した。

アインの手がゴルベルドの顔から離れた。

「惜しかったね」

その瞬間、アンデルデズンにある湖の古城から【第十一位階歯車魔導連結（エクス・デイド・ヴォルテクス）】が放たれた。

それはゴルベルドの背後から襲いかかる。

《さっきのマナ切れはフェイクか……！》

一瞬振り向き、僅かに後退するゴルベルド。その頬を魔力の砲弾がかすめていく。

そして、それをアインが展開した歯車魔法陣が受け止めていた。

《まさか、魔法砲撃との——魔導連結⁉》

【第十一位階歯車魔導連結】の砲弾と魔導連結した十一個の歯車魔法陣が勢いよく回転し、その魔力が膨大に膨れ上がった。

「【第二十二位階歯車魔導連結】‼‼」

至近距離にて発射されたのは、位階上限を超越した理外の砲弾。極限まで増幅された膨大なる魔力の奔流が炎龍諸共ゴルベルドを地上へと押しやっていく。

目映い光は大地を抉り、底が見えないほどの大穴を空けた。

炎龍も、ゴルベルドの姿もない。

その魔力の一片すら感じられず、すべてが消滅したのだった。

§24．父と娘の授業

アインは空を飛び、天空城へと戻っていく。

「アイン」

下方に視線をやれば、そこにギーチェがいた。

アインは静かに降り立った。

「シャノンは……?」

心配そうにアインが問う。

「魔石化は完全に解けている。あとは意識が戻れば……」

ギーチェが口にした瞬間「ん……」とシャノンが声をこぼす。

二人が見守る中、彼女はゆっくりと目を開けた。

「ぱぱ……」

「大丈夫か、シャノン。痛いところはないか?」

アインが問う。

「おなか……」

シャノンが言う。

「腹部に損傷はない。魔石病の後遺症か?」

真剣な面持ちでアインは思考を巡らせた。

「治療術式が不完全だった可能性がある。調べてみないことには……」

同じく深刻そうにギーチェが言った。

「おなか……すいた……」

アインとギーチェは虚を衝かれたような表情になった。

「確かに、逃亡中はろくな物が食べられなかったからな」

アインがそう言うと、緊張の糸が解けたようにギーチェは脱力する。

二人から安堵の笑みがこぼれ落ちた。

「なにが食べたい？」

アインが聞く。

「すーぱーほっとけーきっ！　ごだんっ！」

ギーチェの腕の中で、元気いっぱいに両手の指を広げ、シャノンは大声で言った。

「オマエ、その指は一〇段だぞ」

日常を取り戻したかのように、アインはつっこんだのだった。

§　§　§

それから、しばらくして――

湖の古城。応接間。

アインは届いた手紙を広げ、真剣な表情でそれを読んでいた。

「ギーチェ、オマエ、明日暇か？」

「任務がある。どうした？」

「魔導学院から呼び出しだ」

「シャノンの件か？」

「恐らくな。まあ、とりあえず話を聞いてくる」

§　§　§

翌日――

アンデルデズン魔導学院、幼等部校舎。

学長室に入ると、出迎えたのはジェラールだった。

「やあ。来たね。僕が幼等部の新しい学長、ジェラールだ」

一瞬目を丸くしたアインだったが、すぐに気を取り直して口を開く。

「オマエ……なんで生きてるんだ……？」

「魔石病の治療法が見つかったからね」

はあ、とアインはため息をつく。

「無事ならもっと早くに顔を見せたらどうなんだ？」

「僕個人としてはそうしたいところだったけれどねぇ。上は人付き合いというものをわかってくれなくてね」

　肩をすくめながら、ジェラールは言った。

「本題は？」

「勿論、叡智ある器工魔法陣、シャノンの件だ」

　ジェラールはそう切り出した。

「彼女はまあ、禁呪に該当するからね。どう扱うべきか、各機関のお偉方が色々と取り決めを行った。良い話と悪い話があるけど、どっちから知りたい？」

「良い話だ」

「彼女をこのまま学院に通わせ、自らの力を制御できるようになってもらう。勿論それには責任者が必要だが、適任がいると進言しておいたよ」

「オレにやれと？」

　アインが問えば、ジェラールはうなずいた。

「そう。君は今日から幼等部の教師だ。シャノンのクラスを担当してもらう」

「悪い話はなんだ？」

「制御できるものではないと判断された場合は、シャノンは封印され、機密を守るため君は死刑となる」

「イカれてる」

「ほぼ世界中の人間が魔石病に感染した事実はそれだけインパクトがあったみたいでね。治ったからといって、気楽に構えるわけにはいかないようだ」

はあ、とアインはため息をついた。

「いいぜ。要は制御できるようになればいいんだろ」

「そう言ってくれると思ったよ。それと、聖軍からも監視役が来ていてね。君のサポートに入ってもらう。入ってきなさい」

ジェラールが言うと「失礼します」と声が響いた。

ドアを開け、入ってきたのは軍服を纏(まと)ったギーチェ・バルモンドだった。

「聖軍総督直属、実験部隊黒竜隊長ギーチェ・バルモンドであります。本日付で本校の教師として着任します」

直立不動で言ったギーチェを、アインが白い目で見る。

「オマエ、昨日はなにも言ってなかったろ」

「私もついさっき聞かされたんだ。仕方ないだろう」

ギーチェは苦々しい顔でそう言った。

「そろそろ授業だ。くれぐれも問題を起こさないように。みんなのクビが飛んでしまうからねぇ」

飄々(ひょうひょう)とした物言いで、ジェラールは笑ったのだった。

§　§　§

幼等部。教室。


「――というわけで、今日からこのクラスの担任になったアイン・シュベルトだ」

「ギーチェ・バルモンドだ」

教壇に立ち、アインとギーチェがそう挨拶をした。

「ぱぱっ！　だでぃっ！」

シャノンがキラキラと目を輝かせながら、声を上げた。

「どういうことですの……？」

と、アナスタシアは疑問の表情を浮かべている。

「じゃ、早速だが……」

「あいっ!!」

シャノンが大きく手を挙げ、

「さいしょにいっておきたいことがある！」

「……最初に言っておきたいことがあるのはオレの方だと思うが、なんだ？」

すると、シャノンは満面の笑みを浮かべ、大きく口を開いた。

「シャノン、えらいまどうしになる！」

「そうか」

「だから、おしえたぱぱせんせーは、えらいせんせーになる！」

呆れたようなアナスタシア、笑みを浮かべるリコル。

呆気にとられる生徒たちと、微笑ましい顔で悪友の方を見るギーチェ。

アインはなに食わぬ顔で、けれどもほんの少し嬉しそうに口の端をつり上げた。

「なら、ちゃんと勉強するんだぞ」

「あいっ！」

そうして、初めてあったあの日のように父は魔法の授業を始める。

娘を立派な魔導師に導くために——

最終章　魔法史に載らない偉人編　了

本書に対するご意見、ご感想をお寄せください。

ファンレターあて先
〒102-8177　東京都千代田区富士見2-13-3
電撃文庫編集部
「秋先生」係
「にもし先生」係

本書は、「小説家になろう」に掲載された『魔法史に載らない偉人　～無益な研究だと魔法省を解雇されたため、新魔法の権利は独占だった～』を加筆・修正したものです。

電撃文庫

魔法史に載らない偉人3
～無益な研究だと魔法省を解雇されたため、新魔法の権利は独占だった～

秋

2023年11月10日　初版発行

発行者　山下直久
発行　株式会社KADOKAWA
〒102-8177　東京都千代田区富士見2-13-3
0570-002-301（ナビダイヤル）
装丁者　荻窪裕司（META＋MANIERA）
印刷　株式会社暁印刷
製本　株式会社暁印刷

ISBN978-4-04-915124-4　C0193　Printed in Japan

電撃文庫　https://dengekibunko.jp/